Mord in der Oper
Bellinis letzter Vorhang

Bibliografische Information der Deutschen Nationalbibliothek: Die
Deutsche Nationalbibliothek verzeichnet diese Publikation in der
Deutschen Nationalbibliografie; detaillierte bibliografische Daten sind im
Internet über http://dnb.d-nb.de abrufbar.

Besonderer Hinweis

2., veränderte Auflage Juli 2010
© 2010
Verlagsanschrift
Internet
E-Mail
Lektorat
Fachlektorat

edition riedenburg
Anton-Hochmuth-Straße 8, 5020 Salzburg, Österreich
www.editionriedenburg.at
verlag@editionriedenburg.at
Dr. Heike Wolter, Regensburg
Prof. Dr. Thomas Lindner, Salzburg

Satz und Layout
Fleck am Cover
Herstellung

edition riedenburg
© creative - Fotolia.com
Books on Demand GmbH, Norderstedt

Die erste Auflage dieses Buches (Originaltitel: „Bellini, Bellini! Mord an der
Scala") wurde 2001 gefördert von Stadt Salzburg & Land Salzburg.

ISBN 978-3-902647-33-7

Caroline Oblasser

Mord
in der
Oper

Bellinis letzter
Vorhang

Ein historischer Kriminalroman
über die Zeit des Belcanto und
Vincenzo Bellinis Oper ‚Norma‘

Inhalt

Auftakt

„Italien trauert um Vincenzo Bellini. Der Maestro verstarb im Alter von nur 33 Jahren in den frühen Morgenstunden des 23. September an einem schweren Leiden, das er seit Jahren in sich trug ... Norma ... I Puritani[1] ... Opernkomponist ... Begräbnis in seiner Heimatstadt auf Sizilien ... Denkmal setzen ..."

Mit dem Daumennagel drückt Lilly einen Falz in die Seite der Illustrierten, in der sie zufällig auf die Nachricht über Bellinis Tod stößt. Ihr Lieblingsmagazin hat sich in letzter Zeit angewöhnt, Bildung zu verbreiten: ‚Historical Facts' nennt sich jene Rubrik, in der alte Zeitungsausschnitte präsentiert werden. Ach ja, und eine CD-ROM ist auch beigelegt – mit den neuesten Gratis-Downloads und ein paar musikalischen Kostproben zur jeweiligen Ausgabe – sie blättert zurück auf Seite 165 ... ‚Casta Diva – Aufnahme mit Maria Callas' steht neben Track acht geschrieben.

„Lilly Moser! Dass man dich auch mal wieder im Markuselli sieht!"

„Dass man ‚euch' mal wieder sieht, wir sind nämlich jetzt zu zweit."

Ihre Freundin Ruth hat das schwarze Etwas unter dem Tisch übersehen. Aber nicht lange, denn Lucy schlägt mit mächtigem Bellen an, verheddert sich in der am Tischbein befestigten Leine, strauchelt und reißt das kleine Milchkännchen mit dem glücklicherweise nur noch lauwarmen Kakao in die Tiefe. „Pling" macht es auf dem Marmorboden, das versilberte Geschirr springt unten auf, dreht sich nochmals kurz und bleibt dann friedlich liegen. „Lucy, du unerzogener Hund!"

Während sich Ruth über die heftige Begrüßung des Vierbeiners nur mäßig freuen kann, ist Lilly dabei, das Chaos zu entwirren.

„Hast du was zum Aufwischen, Ruth?"

„Nein, leider. Nimm doch die Zeitschrift da am Tisch. Seit sie Vanity Flair auf dieses Ökopapier drucken, saugt es fast so stark wie Küchenkrepp – – – Siehst Du", verkündet Ruth stolz, „... tropft nicht mal."

Unter den braunen Schlieren kann Lilly Vincenzo Bellini erkennen, der ihr nun weitaus verklärter entgegenschaut als kurz zuvor. Mit einem Blick auf die Uhr fällt ihr der Termin wieder ein.

„Ruth, ich muss leider – dank' dir für Deine Mühe ... Du, übrigens ... ich kann doch nicht mit auf den Adventsmarkt gehen. Ein Freund meiner Eltern aus Amerika hat sich für morgen angesagt und ich soll mich unbedingt um ihn kümmern..."

Die letzten Worte Lillys überraschen Ruth ein wenig und sie entgegnet schnippisch: „Ein amerikanischer Freund? Hoffentlich gutaussehend und vermögend. Hast mir wohlweislich nie was davon erzählt, hm? Gibt es sie also doch noch, die reichen Bekannten jenseits des großen Teichs."

„Pah, reiche Bekannte ...", denkt sich Lilly, nicht ahnend, wie sich ihr Leben durch den Besuch des elterlichen Freundes verändern würde.

Ankunft

Mehr als erschöpft blinzelt Lilly aus dem Bus. Der letzte Schneesturm hat seine Spuren hinterlassen und einige Bäume umgeknickt.

„Flughafen Salzburg, bitte alle aussteigen", verkündet die klirrende Autobusstimme, „Umsteigen zu den Linien ..."

Schlaftrunken stolpert sie in Richtung Gehsteig und versucht, dem Gewirr aus Hinweisschildern und Laufschriften zu entnehmen, wo die Maschine aus Frankfurt eintreffen soll. „Direktflug New York – Frankfurt, Umstieg in Flug 232-300 nach Salzburg", steht nur mehr schwer lesbar auf dem Fax geschrieben, das sie von ihrer Mutter erhalten hat. Und weiter, „Unser Freund Matthew lebt seit seiner Jugendzeit in den USA, wir haben ihn aber lange nicht mehr gesehen. Pass gut auf ihn auf, er hat schwere Zeiten hinter sich ..."

Lilly überfliegt den nächsten Absatz.

„... Sein voller Name ist Matthew BELLINI ..."

Bellini, Bellini ... War das nicht der Opernkomponist aus den ‚Historical Facts'?

Der Bellini von Mama ist bestimmt klein und dick. Also keiner, mit dem man einfach so Witze reißen kann. Wohl eher einer dieser normalen Amerikaner. Einer, der bestenfalls eine peinliche Mütze trägt, die Videokamera um den Hals geschlungen hat und auch im Winter mit Shorts und Turnschuhen rumrennt – weiße Turnschuhe, dazu weiße Tennissocken mit engem Gummibund und drei farbigen Streifen. Immer Farben, die nicht zusammenpassen ...

Lilly zückt ihr Willkommensschild. ‚Mr. Matthew BELLINI' steht darauf geschrieben, und wie eine Fremdenführerin trägt sie es vor sich her, nicht ohne sich dabei peinlich berührt von Zeit zu Zeit am Kopf zu kratzen. Nachher mit einem unattraktiven, dicken, kleinen Mann gesehen zu werden – darauf hat sie nun wirklich keine Lust.

„Hi! Suchst Du mitsch? Ich bin Matt. Matt Bellini."

Die Überraschung hätte größer nicht sein können: Wer da vor ihr steht, ist nicht der amerikanische Standard-Tourist. Nein, Matthew Bellini misst weit über 1,80 Meter, er ist groß und schlank. Mit kurzem, graublond glänzendem Haar. Unter einem Trenchcoat aus Sympatex, der ungezwungen offen steht, trägt er einen schwarzen Business-Anzug, dazu schwarz polierte Schuhe. Das Mobiltelefon hat er lässig zwischen Hals und Ohr eingeklemmt.

„No, I said no phone calls till tomorrow evening ... Yes, yes, I got the new information from the office ..."

Lilly kommt aus dem Staunen nicht mehr heraus.

„Du musst die Lilly sein, ricktick?"

Bellini streckt ihr die Hand entgegen.

„Ja, ja ... ehm, es war ... es ist nur, ich dachte nicht, dass Sie ..."

Er grinst.

„Ah, ich versteh' schon – Du dacktest, ick seh aus wie einer von diese typischen Amis, right?"

Verschämt nickt Lilly mit dem Kopf.

„Dann lass uns mal eine Taxi rufen. Mein Hotel heißt ‚Italian Hoff'. Kennst Du es?"

„Ja, natürlich, der ‚Italienische Hof'!" Über ihnen grollt der Lautsprecher.

„... Aufgrund des schlechten Wetters muss mit erheblichen Verzögerungen gerechnet werden. Bitte beachten Sie die elektronischen Anzeigetafeln. Wir bitten um Ihr Verständnis ..."

„Der Taxistand ist übrigens in die andere Richtung, Mr. Bellini", versucht Lilly, den zerstreut Davoneilenden zu stoppen.

„Hey Lilly, nickt so formlich. Nenn mich einfach ‚Matt', okay?"

„Aber ... wir kennen uns ja noch gar nicht und Sie sind doch um einiges älter als ich und ..."

„Wir haben ja im Taxi Zeit, uns kennenzulernen. Ich muss jetzt nur flott in die Hotel, weil ich dort am Nackmittag eine wischtige Sitzung mit diese Leuten aus Zurick habe. Und Du weißt ja, Lilly, die Schweizer ticken so wie eine Schwarzwalder Clock. Right? Die sind keine einfachen Business partner. Immer musst Du on time sein, und wenn Du es einmal nicht bist, sagen sie Dir bald bye bye ..." Matt spricht noch eine Weile weiter. Über seine Firma, die ,Freeland Chips' heißt und Computerhardware erzeugt, über seine Familie, die zwei Söhne – – von seiner Frau ist allerdings nicht die Rede. Dabei schiebt er den leicht dahinrollenden Gepäckwagen vor sich her und macht von Zeit zu Zeit weit ausschweifende Handbewegungen.

„Matt, wart' mal, wir sind ja schon da!", wirft Lilly ein, als auch schon einer der übereifrigen Taxifahrer auf sie zueilt und mit beiden Händen Matts schwarze Koffer packt.

Im Taxi ist es endlich warm. Kein eisiger Dezemberwind mehr, der selbst besten Ohrenschützermützen trotzte und sich nachhaltig in den Gehörgängen vertiefte.

„Zum ,Italienischen Hof' bitte", wies Lilly den Fahrer, der es sich auf seinem Schafwollüberfell bequem machte, von hinten aus an.

„Sag' mal, Lilly, muss man im Dezember bei euch immer den Heater dabeihaben? Ich glaub', meine warmen Boots waren besser ... brrr ... ,Schweinekalt' heißt das, stimmt's?"

„Ehm, ,saukalt', ja, wir nennen das ,saukalt'. Ab morgen soll der Wind schon wieder etwas nachlassen. Dann wird auch mehr Schnee liegen bleiben."

„Yeah, White Christmas – in den Staaten kaufen wir uns diese weißen Sprays for die windows."

Nach detaillierten Ausführungen über Weihnachten in ,good old USA' erzählt Matt von seinen Geschäften und dem Treffen mit den Schweizern, das man auf Punkt 15 Uhr angesetzt hat. Der Auslieferungszeitraum neuer Computerchips soll festgelegt werden, und finanzielle Aspekte sind auch noch zu klären. Alles in allem ein guter Grund für Matt, den weiten Weg nach Salzburg nicht zu scheuen. Wie Lilly im Lauf des Gesprächs bemerkt, ist es in seinen Kreisen üblich, sich gegenseitig zu besuchen, weshalb Matt Bellini am darauffolgenden Tag nach Zürich reisen will.

Im Januar erwartet er die Schweizer Delegation dann in New York, und so würde es weitergehen, bis alle Formalitäten unter Dach und Fach gebracht wären.

„Ah!", fährt Matt ruckartig herum, als das Taxi schon fast da ist, und seine Augen funkeln. „Ick habe noch zwei tickets for uns heute abend for die Oper von meine Namensvetter. The show starts at 8 p.m. Hast Du Lust, Lilly?"

Vielsagend wedelt Matt mit den Eintrittskarten.

Am italienischen Hof

„May I help you, Sir?" Mit geübtem Griff befördert der Hoteljunge die Gepäckstücke auf das edle Messingwägelchen und stolziert galant in die Hotelhalle.

„Welcome at home, Mr. Bellini", meint er dann, bevor er den Aufzug ruft und sich mit einer etwas altmodisch wirkenden Verbeugung empfiehlt. „Am schönsten ist es trotzdem immer noch zu Hause", entgegnet Matthew schlagfertig und gibt dem Pagen zwei Euro. „My home is my castle, mio castello, you know!"

Lilly und Matthew vereinbaren, sich eine Stunde vor Vorstellungsbeginn im Foyer des Hotels zu treffen und von dort aus gemeinsam zum Opernhaus zu schlendern. „Ciao ciao, see you in der Norma, Lilly!"

Matt Bellini steigt in den Aufzug und die Türe schließt sich.

In Windeseile macht sich Lilly auf den Weg nach Hause. Dieser Matt ist wirklich ein Grund, sich etwas ausgiebiger auf den Abend vorzubereiten. Als Erstes ist dazu Ruth nötig. Die aber …

„Hallo, hier ist die Mailbox von Ruth. Hinterlass' mir eine Nachricht, damit ich nicht leer ausgehe … biiiiiip …"

„Ruth? Hi, ich bin's, Lilly. Du, ich hab Dir doch vom Freund meiner Eltern erzählt, der Salzburg besuchen kommt. Stell Dir vor, er lädt mich heute Abend in die Oper ein – Du, ich bräuchte Dich ganz dringend als Hundesitter für Lucy. Ist das ok? Du hast ja meinen Schlüssel – ruf' mich doch bitte an, sobald Du deine Mailbox abhörst … Du hast was gut bei mir – dank' Dir, ciao!"

Als der Wasserkessel pfeift, legt sie das Telefon beiseite. Einen Kaffee später steckt sie in ihrem dunklen Abendkleid und fühlt sich auf einmal wie verwandelt. Die Pendeluhr am Gang ermahnt sie, sich auf den Weg zu machen.

In der Hotelhalle des ‚Italienischen Hofs' herrscht hektische Betriebsamkeit. Fliegende Boten da, eilende Gäste dort.

„Entschuldigen Sie, sind Sie Fräulein Moser?", fragt die Rezeptionistin. Auf Lillys zustimmendes Nicken gibt sie ihr einen Zettel aus dem Fach, in dem Matts Schlüssel hängt: „Ich habe hier eine Nachricht für Sie von Ihrem italienischen Bekannten." Ihre gepflegten Hände überreichen Lilly einen Umschlag, auf den das vornehme Hotel-Emblem gedruckt ist.

„Dear Lilly, das Meeting ist schwierig, but you should visit Norma in any case. Ci vediamo! M. Bellini"

Mit einer edlen Klammer sind zwei dunkelrote Eintrittskarten an Matthews Schreiben geheftet. Bellinis Tinte ist auf dem Büttenpapier verwischt. Es scheint, als sei er in Eile gewesen.

Hereinspaziert

„Reihe 4, Platz 75", sagt der Platzanweiser mit Blick auf das Papier. „Signorina", ruft er ihr kurz darauf nach, „Sie haben ja zwei Tickets!" Lilly hält kurz inne. „Oh, das – das geht schon in Ordnung. Mein Begleiter ist leider verhindert …"

Dumpfes Gemurmel des älteren Billeteurs dringt zu ihr – fast glaubt sie, ein leises „Die ‚Norma' lässt man doch nicht verfallen!" vernommen zu haben.

Zuerst aber will sich Lilly erfrischen. Kaum betritt sie die Damentoilette, klingelt ihr Handy. Es ist Ruth, die bestätigt, dass sich mit Lucy alles in bester Ordnung befinde. Endlich kann Lilly das lästige Mobilding getrost abschalten und steckt es in das Innenfach ihrer kleinen Handtasche. Nachdem sie sich etwas zurechtgemacht hat, spendet sie der dankbaren Klofrau noch einen Silbertaler und lässt mit dem Klingeln der Münze den Duft von Seife und Parfum hinter sich.

Voller Vorfreude kuschelt sich Lilly in den gut gepolsterten Sessel der vierten Reihe. Das Programmheft verrät, dass heute Maestro Lunti das Orchester dirigieren wird. Die Namen der Sängerinnen und Sänger allerdings sagen Lilly nichts, sie klingen zudem recht fremd für ihre Ohren. Offensichtlich hat das Salzburger Opernhaus aus Budgetgründen einmal mehr eine italienische Produktion eingekauft.

Arglos blättert sie weiter im Programm – und traut ihren Augen nicht, als sie bei der Biographie des Komponisten abermals dem Vanity Flair-Bild Vincenzo Bellinis entgegenblickt. Erschrocken lässt sie das Heft fallen.

„Darf ich?" Die nette ältere Dame zu ihrer Rechten, die gerade mit dem Zurechtrücken ihrer Damenstiefeletten beschäftigt ist, reicht ihr das Büchlein entgegen.

„D... danke", stottert Lilly, „das ist wirklich sehr freundlich von Ihnen."

Etwas verdattert sieht sie in die Augen ihrer Nachbarin, die dezent hinter einer altmodisch anmutenden Nickelbrille verborgen sind. Über den wohlförmig gezupften Augenbrauen zeichnen sich leichte Stirnfalten ab, die durch üppig aufgetragenen Puder gerade noch überdeckt werden. Der viel zu weiße Haaransatz gleicht beinahe einer Perücke und lässt die vornehme Erscheinung wie aus dem neunzehnten Jahrhundert wirken. Hinein in Lillys ausgiebige Musterung fragt die Dame flüsternd: „Sind Sie Musikstudentin?"

Sorgfältig geschminkte Lippen verleihen ihrem Gesicht dabei einen äußerst sanften Anschein.

„Ehm – nein, ich habe eher weniger mit Musik zu tun."

„Ah, ich verstehe ... Dann haben Sie die Karte also vermacht bekommen und Ihre Begleitung ist womöglich verhindert?"

„Ja, genau, das stimmt. Woher ..."

„... woher ich das weiß?", neigt die ältere Dame den Kopf, „Nun ..."

Ein erstes Aufschwellen der Musik unterbricht die beiden und Lilly beobachtet, wie die reizende Dame mit gespitzten Fingern die Schubertbrille abnimmt.

Nach einer Weile wendet sie sich erneut an Lilly: „Kennen Sie die ‚Norma'? Meiner Meinung nach ist sie die schönste Oper Bellinis ... – – Da!", richtet sie sich auf, „War er nicht wunderschön, Signor Vincenzo?" Dabei deutet sie auf Bellinis Konterfei.

„Ja, in der Tat", muss Lilly lächelnd zugeben, als sie zum wiederholten Male mit dem Portrait des Komponisten konfrontiert wird. „Ich nehm' mal an, die Mädels würden heute noch auf ihn abfahren ..."

„Übrigens", legt ihre Sitznachbarin die Hände übereinander, „wissen Sie, dass heute ein ganz besonderer Tag ist?"

Der Blick der Frauen begegnet sich.

„Heute", wispert sie, „heute Abend, am 26. Dezember, wird die ‚Norma' *uraufgeführt*, und Sie und ich, Lilly, wir beide dürfen dabei sein!"

Lilly? Hatte sie Lilly gesagt? Genau, Matt hatte ihren Namen ja auf den Umschlag mit den Eintrittskarten geschrieben. Aber befand sich der nicht in der Handtasche? Und was sollte das, heute würde die ‚Norma' *ur*aufgeführt? Im Programmheft stand doch, dass die ‚Norma' bereits 1831 uraufgeführt worden sei ... – – und zwar nicht in Salzburg, sondern in Mailand.

Soviel Ungereimtheiten kann Lilly dem Glas Sekt-Orange beim besten Willen nicht zuschreiben. Gerade will sie sich der älteren Dame zuwenden, um ein paar Fragen zu stellen – als das Licht abgedunkelt wird, der Vorhang sich hebt und Maestro Lunti den Taktstock ergreift, um mit der Ouvertüre zu beginnen ...

Metamorph

Eine Weile muss vergangen sein, denn Lillys Bein ist eingeschlafen. Ein wirklich störender Huster lässt sie zusammenzucken. Doch was ist das? Dort, wo Matthew hätte sitzen sollen – sitzt jemand! Bloß ist es nicht Matthew.

„Wie um alles in der Welt kommt denn der da hin?", überlegt Lilly schlaftrunken. „Vielleicht ist er ja nur um einen Platz weitergerutscht, weil er nicht gut genug sehen konnte?"

Vorsichtig schielt sie hinüber. Der Mann neben ihr sieht aus, als käme er aus dem Biedermeier. Unter dem braunen Sakko trägt er ein beigefarbenes Seidenhemd, dessen Stehkragen von einem weißen Schal ummantelt ist. Das Haar des neuen Sitznachbarn, dessen dunkelbraune, buschige Koteletten viel zu lang und längst unmodern sind, ist gewellt und sorgsam nach hinten gekämmt. Seine kräftigen Augenbrauen geben der Stirnpartie einen gewaltigen Schwung, der nur durch die kantige Nase und den schmalen Mund wieder aufgefangen wird.

Schweißperlen bilden sich auf Lillys Stirn, als sie zudem entdeckt, dass der intensiv gestikulierende Dirigent Maestro Lunti alles andere als ähnelt. Auch er trägt nun plötzlich diese eigenartige Kleidung, ebenso die Musiker, von denen gegen jede Mode mindestens zwei Drittel buschige Koteletten haben. Und – die Beleuchtung der Notenpulte: Kerzenständer?! Ist offenes Feuer im Orchestergraben nicht verboten?

Jemand klatschte in die Hände. Ganz vorne. Aber es war kein Applaus. Als das Orchester beginnen wollte die Sopranistin emporzutragen, als die ersten ruhigen Klänge der ‚Casta Diva' durch den Raum schwebten – genau da klatschte jemand in die Hände.

„Nein, nein, nein, meine Herren – no, no, no, Signori, so geht das aber nicht! Bitte nochmal da capo."

Es war die Stimme eines Mannes, der angespannt wirkte.

„Sie müssen auf Giuditta eingehen, nicht ihr davonlaufen. Immerhin handelt es sich bei meiner Musik um keine leichte Musik. Also bitte!"

Seine letzten Worte klangen harsch. So, als wüsste er, wovon er sprach.

Lilly fühlte sich unwohl. Als sie an sich herunterblickte, wusste sie, warum sie so schlecht Luft bekam: Ihr dunkles Kleid war in der Taille so eng geschnürt, dass ihr schwindlig wurde bei dem Gedanken, sich selbst in einem Mieder zu befinden, das für diese Figur verantwortlich war.

Was war geschehen?

Wie konnte es sein, dass sie sich ganz offensichtlich an einem Ort befand, der voller eigenartiger Gestalten war – und wo man augenscheinlich eine Oper *probte*, anstatt sie zur Aufführung zu bringen?

Von links kamen die vertrauten Huster, und auch Lilly verspürte nun ein Kratzen in ihrer Kehle, das sich in heiserem Hüsteln äußerte.

„Gnädiges Fräulein!"

Der sich räuspernde Nachbar reichte ihr ein Stofftaschentuch, welches er aus der Innentasche seiner Anzughose gezogen hatte.

„Darf ich Ihnen dies hier zur Hilfe anbieten? Glauben Sie mir, es ist gut, sich ein Tüchlein vor den Mund zu halten. Der Husten ..."

Ein neuerlicher Anfall unterbrach ihn.

„... Der Husten geht dann schier von ganz allein. Sie werden sehen!"

Überrascht von so viel Hilfsbereitschaft nickte Lilly dankend und streckte ihre Hand aus. Dabei merkte sie, dass die Ärmel ihres Kleides etwas länger waren als zuvor.

„Wissen Sie", schweifte ihr Sitznachbar aus, „bei mir ..."

Er räusperte sich erneut und versuchte, diesen Umstand durch eine Handbewegung zu überspielen.

„... bei mir ist das mit dem Husten keine alltägliche Geschichte."

So, als wollte er Lilly ein Geheimnis anvertrauen, lehnte er sich zu ihr hinüber.

„Ich bin Bibliothekar am Conservatorio zu Neapel und – nehmen Sie es mir nicht übel, gnädiges Fräulein – aber die jungen Leute von heute, diese Studenten ..."

Fast schon verärgert strich er sich eine Locke aus der Stirn.

„... wer kümmert sich heutzutage denn noch wirklich, in welchem Zustand die Noten retourniert werden? Da kommen welche, die haben monatelang eine Partitur entliehen, und der Staub ..."

Abermals musste er husten.

„... Sie sehen ja. Mein Beruf ist nicht frei von Nebenwirkungen ..."

Während er sprach, studierte Lilly die Gesichtszüge ihres Nachbarn. Sie waren freundlich und so beschloss sie, sich ihm anzuvertrauen.

„Entschuldigung, dürfte ich ..."

Lilly wusste nicht, wie sie ihrem Gegenüber die mehr als merkwürdige gegenwärtige Situation erklären sollte.

„Es mag vielleicht komisch für Sie klingen, wenn ich Sie nun frage, wie ... wie dieser Ort hier heißt, aber ... – aber mein Namensgedächtnis lässt sehr zu wünschen übrig und ... ich kann mich einfach nicht mehr daran erinnern ..."

Froh über ihren Mut, diese Frage gestellt zu haben, atmete sie nun etwas ruhiger.

„Aber Gnädigste!", antwortete der Angesprochene mit einem Hauch Entrüstung. Er machte Anstalten aufzustehen, zwang sich jedoch dazu sitzenzubleiben und deutete nun aus dieser Position erst auf die Decke des Raumes, dann in Richtung der Musiker und schließlich um sich herum.

„Diese Oper", erklärte er seine Handbewegungen, „dieses Opernhaus hier, das kann doch nur das Teatro alla Scala sein. Sehen Sie nur, die herrliche Einrichtung, die vorzügliche Bühnenarbeit, und horchen Sie!"

Das Orchester hatte neuerlich begonnen, die Arie der ‚Casta Diva' einzuleiten.

„Solch eine Akustik finden Sie nur in Milano – und auch dort nur an der Scala, dem schönsten Opernhaus der Welt!"

In echter und umfassender Begeisterung nahm sein Tonfall an Lautstärke zu.

„Francesco Florimo!", tönte es von vorne.

Jener Herr, der vorhin das Orchester so unsanft unterbrochen hatte, drehte sich um und schaute nun den Mann neben ihr an. Dabei verweilte sein Blick auch kurz auf Lilly, was ihr ein sonderbares Gefühl verlieh.

„Danke, meine Herren, wir proben in einer Stunde weiter. Gönnen wir Giuditta eine kurze Pause – und schauen Sie sich die Unisono-Passagen bitte alle noch einmal gründlich an."

Damit stand er auf und bedeutete den Orchestermitgliedern mit dem Taktstock, sich zur Pause zu erheben. Anschließend packte er seine Jacke, die bisher auf dem Stuhl neben dem Dirigentenpult gelegen hatte, stieg vom Podest herunter und betrat den Zuschauerraum.

„Vincenzo! Ich wollte Dich nicht unterbrechen ..."

Lillys Sitznachbar umarmte den Mann auf äußerst herzliche Art und Weise.

„Darf ich Dir vorstellen ...", erklärte er mit einer ausladenden Handbewegung, „... Signorina ..."

Er stockte.

„Liliane Moser", half Lilly zuvorkommend nach.

„Signorina Liliane, meine reizende Gesellschaft heute bei dieser fabelhaften Generalprobe. Finden Sie nicht auch, Liliane?"

Lilly wusste nicht, was sie sagen sollte, und so erwiderte sie nur, „Gewiss, aber ganz gewiss ..."

„Bedenken Sie, Fräulein Liliane", setzte er seine Rede fort, „mein Freund Vincenzo sieht die Definition einer Generalprobe nicht ganz so eng. In der Hauptsache möchte er zumindest die Ouvertüre einmal durchgegangen sein, bevor das Stück zum ersten Mal zur Aufführung kommt ..."

Der Mann, der mit Vincenzo gemeint war, schaltete sich nun ein.

„Sie dürfen Francesco nicht alles glauben, was er sagt. Nun gut, meine Generalproben sind selten aus einem Guss ..."

Selbstbewusst stemmte er eine Hand in die Hüften.

„... aber die Orchestermusiker werden heutzutage so schlecht bezahlt, dass es ein Graus ist – ich meine, dass das, was sie von sich geben, ein Graus ist. Das war zu Opernzeiten von ‚Bianca e Fernando' schon so und wird sich auch bis zu meinem seligen Dahinscheiden nicht mehr ändern ..."

Mit einem Notenblatt fächelte er sich Luft zu.

„... Und so kommt es eben, dass wir eine prova generale zur gemeinen Probe machen müssen ..."

Die beiden begannen, über andere Sachen zu reden. Unterdessen grübelte Lilly weiter. Mailand, die Scala, Generalprobe ... War – war der Mann vor ihr mit Namen Vincenzo etwa ...? Schaute er nicht haarscharf so aus wie das Porträt aus Vanity Flair? So wie der Mann aus dem Programmheft? War dieser Mann am Ende etwa – *Vincenzo Bellini?*

Unruhig rutschte Lilly auf ihrem Stuhl umher. Das Handy ... Sie griff nach ihrer Handtasche und fühlte etwas Hartes – doch anstelle ihres Telefons zog sie eine kleine, längliche Blechdose an die Oberfläche. Kalter Schweiß lief ihr über den Rücken und Lilly nahm sich fest vor, nicht in Ohnmacht zu fallen.

Ein Imbiss

„Signorina?" Eine sonore Stimme holte sie aus ihrer mit Unglauben gefüllten Zwischenwelt zurück. Der Herr namens Vincenzo hatte sich ihr zugewandt und seine tiefblauen Augen strahlten sie unverhältnismäßig intensiv an.

„Wären Sie unserem geneigten Vorschlag abgetan, im Caféhaus der Opera eine kleine Erfrischung zu sich zu nehmen?"

Mit der Hand stützte er sich den flachen Bauch.

„Vermutlich könnten Signorina eine Stärkung gebrauchen – mich dünkt, Ihr werter Magen musste schon des Längeren ohne wesentliche Zugaben auskommen ..."

„Da darf ich wohl in aufmunternder Manier beipflichten", hakte Francesco ein, „auch ich bin nach der langen Reise etwas geschwächt."

Er setzte sich.

„Vincenzo, mein Lieber, wie machst Du das bloß, trotz dieser Anstrengungen bei so guter Gesundheit zu sein? Sie müssen wissen, gnädiges Fräulein ...", richtete er die Rede an Lilly, „... mein Freund ist ein weitgereister Mann, das bringt der Beruf des Compositeurs so mit sich. Ich hingegen ...", und damit verschränkte er die Arme hinter dem Kopf, „... bin glücklich in Napoli, bin glücklich, jeden Morgen in dieselbe Arbeitsstelle zu gehen und zu wissen, dass abends ein warmes Heim auf mich wartet. Was ist es doch wert, ein Zuhause zu haben – ein echtes Zuhause, und nicht von Herberge zu Herberge wandern zu müssen ..."

Er schien über das Leben seines Freundes gut Bescheid zu wissen – und Lilly erinnerte sich an die Worte ihres Bekannten aus den USA, die heute früh ganz ähnlich geklungen hatten.

„Aber, aber, Francesco", mischte sich Vincenzo in den Monolog ein, „nun langweile doch unsere reizende Gesellschaft nicht mit deinen provinziellen Reminiszenzen ..."
Lilly musterte beide aufmerksam.

Gewiss, Vincenzo war etwas schmächtiger als sein Freund, aber – er hatte etwas in seinen Augen, das Lilly faszinierte.

„Darf ich bitten?"
Francescos Freund reichte ihr den Arm.

„Sie sollten nicht meinen, hier mit anstandslosen Banausen zu verkehren, die Männergespräche unter sich ausmachen. Wissen Sie, Signorina ..."
Sein Ton wurde bedeutungsvoll.

„... Meine Bekanntheit erlegt es mir auf, mich immer beobachtet zu fühlen ... – – Übrigens ...", setzte er fragend fort, „das gnädige Fräulein ist nicht aus Mailand?"

„Nein", antwortete Lilly zögerlich, „aus Salzburg, ich bin aus Salzburg angereist."

„Ah! Aus Österreich, diesem herrlichen Land! Allzu gerne erinnere ich mich daran zurück, wie begeistert und unvoreingenommen die Österreicher im Februar 28 ‚Il Pirata'[2] aufgenommen haben ..."
Seine Züge verklärten sich.

„... und – oh, verzeihen Sie, dass ich mich Ihnen noch nicht vorgestellt habe ..."
Er verbeugte sich mit den Worten „... Bellini. Vincenzo Bellini. Hocherfreut, Ihre Bekanntschaft zu machen."

„Die Freude ist ganz meinerseits", konterte Lilly charmant und zwang sich aus dem engen Stuhl.

„Wissen Sie", begann der Sizilianer auf dem Weg zur Cafeteria, „ich werde das leidige Gefühl nicht los, dass die Premiere heute Abend ein Misserfolg wird ..."
Er verlangsamte seinen Gang.

„... Die Mailänder sind momentan nicht in Stimmung für meine Musik. Sie wollen wirre Artefakte und überdrehte Töne."
Wild fuchtelte er mit beiden Händen in der Luft herum, um seinem letzten Satz mehr Bedeutung zu verleihen.

„... in Mailand will man Rossini, Rossini und nochmals Rossini. Ich aber ...", wandte er sich dem Mädchen zu, „... ich habe eine neue Richtung eingeschlagen. Wissen Sie, Signorina, bei einer Opera kommt es nicht darauf an, *wie viele* Töne in ihr stecken ... – – es geht darum, *welche* Töne in ihr stecken. Das hat uns schon Maestro Mozart gelehrt, aber weder Rossini noch Kollege Donizetti wollen dies wahrhaben ..."
Francesco pflichtete ihm kopfnickend bei, so, als würde er die Musik der beiden ebengenannten Komponisten aus dem Effeff kennen.

„Meine Musik, die Musik von Vincenzo Bellini ...", und ‚Bellini' sprach er so aus, als müsse man den Namen mehr singen als sprechen, „... meine Musik ist Melodie. Ganz einfach. Melodie. Und das nicht erst, seit ich die ‚Norma' erschaffen habe ..."
Mit den Fingern zählte er ab.

„... Nein, das war schon bei meinen anderen – eins, zwei, drei, vier, fünf, sechs, sieben – Opern[3] der Fall, und daran wird sich bis zu meinem Tode auch nichts ändern."
Sie betraten das kleine Café.

„Verzeihung", begann Lilly, die inzwischen ein dringliches Bedürfnis verspürte, „würde mich einer der Herren freundlicherweise zu den Waschräumen führen?"

„Aber gewiss doch", wandte sich Francesco bereits zielsicheren Schrittes einer Tür entgegen, die sich im hinteren Teil des Etablissements befand.

„Signorina finden alleine zurück, oder soll ich besser hier auf Sie warten?"

Sein Ton hatte etwas Untertäniges und Lilly gefiel es, wie eine Dame behandelt zu werden.

„Nein danke, Francesco", warf sie ein, „ich denke, ich finde mich selbst zurecht." Unwillkürlich machte sie dabei einen Knicks.

„In Ordnung, gnädiges Fräulein", erwiderte er ihre Geste mit einer leichten Verbeugung, „dann werde ich mich beim Eingang des Cafés gedulden und Sie anschließend an unsere Plätze geleiten. Wenn ich mich nun empfehlen dürfte."

Da stand sie nun – vor einem Ort, der mit den noblen Toiletten des Salzburger Opernhauses – wie viel wohl gemein haben mochte?

Spiegelbildlich

Mit leisem Knirschen ließ sich die schwere Holztür öffnen. Noch beim Eintreten kam Lilly der Gedanke, ihre Freundin Ruth anzurufen – aber anstelle des Handys befand sich ja jetzt ein kleines Zuckerdöschen in ihrer Handtasche. Und ohnedies hätte ihr mobiles Telefon im 19. Jahrhundert wohl noch keinen Empfang angezeigt ...

Vor den mächtigen Wandspiegeln betrachtete sie sich nun zum ersten Mal. Ihre Haare waren hochgesteckt, doch anstelle der Plastikspangen, die sie am Beginn des heutigen Abends zu diesem Zwecke verwendet hatte, befand sich ein silberner Steckkamm in ihren braunen Locken.

GABINETTO stand auf dem Schild neben einem der Spiegel kunstvoll geschrieben, und ein Pfeil deutete ihr die Richtung. Hinter einer weiteren, diesmal etwas leichteren Holztür, die sich weder gänzlich zur Decke noch bis zum Boden hin erstreckte, fand sie einen quaderförmigen Klotz, der in der Mitte eine runde Öffnung hatte.

„Tja, das wird es wohl sein", überlegte sie und schloss die Türe hinter sich.

Ihr eiliger Versuch, das schwere Batistkleid zu lüpfen, misslang aufgrund der eingenähten, biegsamen Stäbe. Sie ging deshalb in die Hocke, um den Saum des Kleides zu fassen und schaffte es schließlich mit einiger Mühe, den gesamten Oberrock nach oben zu kippen. Den Stoff vor Augen, der ihren Wirkungskreis merklich einschränkte, fühlte sie zum ersten Mal ihr Untergewand. Aha, ein weiterer Rock befand sich unter dem schweren Überrock, und darunter – sie konnte es kaum fassen – noch einer. Dann endlich war sie beim Beinkleid angelangt und musste feststellen, dass aus ihrem Slip ein knielanges Baumwollhöschen geworden war, an den Enden mit zarter Spitze besetzt und in der Taille durch ein seidenes Bändchen gehalten.

Lilly löste die Schleife, und das Höschen fiel zu Boden.

Währenddessen betraten zwei ausgelassene Mädchen den Waschraum und fingen ungeniert an zu plaudern.

„Hast Du gehört", meinte die eine zur anderen, „Maestro Bellini wird eine Affaire nachgesagt ..."

„Eine Affaire?", reagierte die andere erstaunt, „... Gewiss, ich dachte wohl, dass er bei seinem Aussehen eine ganze Schar von Mädchen faszinieren würde, aber ...", überlegte sie kurz, „... weißt Du das denn sicher? Nun sag' schon, mit wem denn?"

„Nun, es heißt, er habe abermals eine Dame namens Giuditta auserwählt ... Giuditta Turina ist ihr Name, wenn ich mich recht erinnere ..."

Und bedeutungsvoll fügte das erste Mädchen etwas leiser hinzu: „Sie ist sehr jung und schon verheiratet. Anzunehmen, dass sie ihren Entschluss inzwischen bereut ... Aber immerhin: Wer kann schon von sich behaupten, von Maestro Bellini verehrt zu werden?"

Kichernd gingen beide wieder nach draußen und waren noch eine Weile zu hören.

Eine Affäre also ...

Lilly hatte es eilig, das gar nicht so stille Örtchen zu verlassen.

La Signorina

Wie vereinbart wartete Francesco am Eingang auf sie und führte sie zum Tisch des Komponisten.

„Ah, da ist ja das gnädige Fräulein ...", begrüßte Bellini die beiden, indem er kurz von seinem Salat aufsah. Erst machte er Anstalten aufzustehen, blieb dann aber doch sitzen und verneigte sich nur kurz in Lillys Richtung.

„Es wäre mir eine Ehre, Signorina Liliane ... ich darf Sie doch Liliane nennen?"

Lilly nickte und lächelte in Bellinis saphirblaue Augen.

„Wie gesagt", strahlte er zurück, „es wäre mir eine Ehre, Sie heute zum Essen einladen zu dürfen."

Mit dem Finger deutete er auf eine Menütafel.

„Auf dem Schieferholz dort sind alle Köstlichkeiten vermerkt – seien Sie sicher, etwas auszuwählen, das Ihnen mundet."

Die Speisen der kunstvoll verzierten Tafelaufschrift waren Lilly fremd, und so antwortete sie auf Bellinis erwartungsvollen Blick: „Maestro Bellini, wenn ich mich hierbei wohl Ihnen anvertrauen dürfte? Ich nehme an, Sie kennen die Vorzüge der Mailänder Küche gewiss besser als ich."

Verständnisvoll nickte der Künstler und winkte den Cameriere herbei.

„Massimo", trug er ihm auf, „lo stesso ancora una volta, per favore.[4] Und bring' unserem charmanten Gast einen ordentlichen Rosé! Sonst verspürt Signorina bei der Premiere heut' Abend noch Kopfweh und schiebt es auf meine Musik!"

Die umsitzenden Gäste mussten lachen, kannten sie Vincenzo Bellini doch schon seit geraumer Zeit. Allzu gerne erinnerten sie sich daran, wie der in Catania geborene Komponist vor ein paar Jahren nach Mailand gekommen war und der Scala Geschenke wie ‚Il pirata' oder ‚La straniera' gemacht hatte. Spätestens seit dieser Zeit liebten die meisten Italiener ihren Vincenzo und begegneten ihm nicht nur wegen seiner traumhaften Werke mit gehörigem Respekt.

Wenig später – Lilly hatte bereits am Rosé genippt – kam das Essen.

Es bestand aus wohlriechender Pasta, die mit Basilikum dekoriert war, einem Vorspeisenteller voll Mailänder Appetithäppchen und einer Insalata mista, die Bellini an Lilly weiterreichte.

„Mille grazie", bedankte sie sich, und zu dritt stießen sie auf die abendliche Premiere der ‚Norma' an.

Das Essen schmeckte vorzüglich, und als Lilly am Ende das Besteck beiseite legte, fragte Bellini sie: „Darf ich Ihnen noch etwas auftischen lassen, Signorina? Mir scheint, als könne Ihre fragile Gestalt ..."

Sein Blick glitt an Lillys schlanker Taille entlang zu ihrem Dekolleté und verweilte dort einen unscheinbaren Moment.

„... gut und gerne noch ein Dolce vertragen. Die Mailänder Karamellcrème ist weit über die Grenzen der Stadt hinaus bekannt und lohnt in jedem Falle einen Versuch ..."

Mit erwartungsvollem Blick fügte er hinzu: „... nicht wahr, Francesco? Selbst in Napoli imitiert man dieses süße Etwas und hofft, auf diese Weise ein Stückchen Mailänder Kultur für sich zu gewinnen."

Aus dem Halbschlaf schreckte Francesco auf.

„W-was meinst Du für eine Crème, Vincenzo? Ob ich gerne Mailänder Hautcrème auftrage?"

Kichernd hielt sich Lilly die Hand vor den Mund.

„Oh, verzeih', wenn ich Dich geweckt haben sollte, mein Lieber", rettete Bellini die peinliche Situation, „möchtest Du vielleicht aufs Zimmer gehen? Die Reise war gewiss anstrengend für Dich – pass' mir bloß auf, dass Dir das heute Abend nicht passiert!"

Mit einem neckischen Knuff in die Seite des Freundes brachte er diesen zum Lächeln. Da Francesco jedoch nach wie vor einen übermüdeten Eindruck machte und die von Bellini erwartete Reaktion ausblieb, wandte er sich wieder seiner jugendlichen Tischnachbarin zu.

„Signorina Liliane – – würden Sie mir wohl die folgende Frage gewähren?", rückte er etwas näher an Lilly heran, um nicht so laut reden zu müssen. „Wie Sie vielleicht wissen, bin ich seit geraumer Zeit gesundheitlich etwas geschwächt[5] ... und wäre mehr als erfreut darüber, heute als Stütze Sie, Signorina – – an ... an meiner Seite zu wissen. Das Musikgeschäft ist hart[6], und es wäre mir eine große Hilfe, mich heute Abend mit einer so charmanten Begleitung dem Mailänder Publikum präsentieren zu dürfen. – – Ich hoffe ...", knüpfte er etwas verschämt an seine letzten Worte an, „... Signorina verstehen mich nicht falsch in meinem Bestreben – wir Komponisten sind ein eigentümliches Volk: getrieben von der Presse, geliebt und gehasst vom Publikum, molestiert von den Librettisten, verflucht von den Sängern, denen die Arien heutzutage immer zu schwer sind, weil sie nicht ordentlich proben wollen ... ganz abgesehen von den Orchestern, die mittlerweile so schlecht bezahlt sind – aber das erwähnte ich ja bereits ..."

Während er sprach, hüllten sich seine sonst so milden Züge in dunkle Wolken und der fein geschwungene Mund bebte vor Wut bei dem Gedanken an eine schlechte Premiere, die er dem mangelhaften Einsatz seiner Musiker zu verdanken hätte.

„Nun, was meinen Sie, Signorina?", brachte er das Gespräch schließlich auf den Punkt. „Hätten Sie Zeit und Lust, heute Abend mein persönlicher Ehrengast zu sein? Ich verspreche Ihnen, Sie werden es nicht bereuen ..."

Lilly ahnte längst, dass Maestro Bellini weitaus mehr vorhatte, als sie zu seiner bloßen Premierenbegleitung zu machen.

Intermezzo

Francesco Florimo hatte sich bereits mit dem Hinweis auf seinen täglichen Mittagsschlaf verabschiedet, als Vincenzo vom Begleichen der Rechnung zurückkam.

Sein mittelgroßer Körper war in edles Tuch gehüllt. Die schlanke Figur von vollkommenem Ebenmaß trug einen Kopf, dessen hohe Stirn dem strengsten Denker hätte gehören können, während die blonden Locken, der treue helle Blick, die fein geformte

Nase und der volle, jeden Ausdrucks fähige Mund ein Antlitz formten, wie man es für ein geliebtes Geschöpf nicht anmutiger zu wünschen hätte.

„In der Tat ...", wandte sich Bellini an Lilly und blickte dabei auf die goldene Taschenuhr, die er aus seinem Jackett zog, „... die Zeit mit Ihnen, gnädiges Fräulein, ist wie im Fluge vergangen, aber bin ich nicht pünktlich zurück, verlassen mir meine Leute noch das Teatro, ohne einen Ton gespielt zu haben. Wenn ich mich also von Ihnen verabschieden dürfte, Signorina ...", streckte er seine Hand nach ihrer aus.

Lilly blickte an den Armen entlang, bewunderte die Hände des Künstlers, die jetzt mit den ihren verschmolzen, und stellte sich vor, wie die Finger des Maestros nicht nur den Federkiel ergriffen, um jene herrliche Musik zu erschaffen, wie sie nicht nur das Piano spielten, nicht nur den Taktstock hoben ...

Die Stimme Bellinis riss sie jäh aus ihren Träumereien: „Seien Sie versichert, dass es mir eine große Ehre wäre, wenn ich Sie – dass ich Sie unbedingt wiedersehen muss ... Ich weiß ...", setzte er eindringlicher fort, „dass Sie ähnlich empfinden. Ich habe Sie beobachtet, Signorina, schlagen Sie mir diese Bitte nicht ab. Erwarten Sie mich nach der Probe in meiner Garderobe. Ich wäre – – Sie würden mir damit einen Herzenswunsch erfüllen!"

Ohne Lillys Antwort abzuwarten, verbeugte er sich und entschwand.

Lilly verstand das, was Bellini zu ihr sagte, nur allzu gut. Auch in ihr hatte der Wunsch, dem Komponisten näherzukommen, langsam Gestalt angenommen. Während sie darüber nachdachte, verließ sie das Café. Als sich die gläserne Tür hinter ihr schloss, war sie mit sich allein.

Unschlüssig schlenderte sie die wenigen Schritte bis zur Scala und dann durch das Vestibül des Teatro. Schon des Öfteren hatte sie davon gehört, dass es in Sängerkreisen als besondere Ehre galt, in der Mailänder Opera auftreten zu dürfen. Man sprach sogar davon, nach einem erfolgreichen Debüt in diesem Hause ‚gemacht' zu sein und zu den führenden Opernhäusern der Welt weitergereicht zu werden.

Über eine Treppe, die in den Halbstock emporführte, gelangte sie in das Erdgeschoss und sah erstmals die neoklassizistische Architektur Giuseppe Piermarinis in ihrer vollen Pracht. Das Tageslicht überflutete den Eingangsbereich, in dem sie nun stand, und was sich ihr bot, hätte der schönste Film nicht besser inszenieren können: Tonnenschwere Kronleuchter hingen von der pompösen, mit Stuck überladenen Decke herab, und schwere Ölbilder zierten die in Beige getünchten Wände. Feudale Blumenornamente rankten sich die ebenfalls stukkatierten Säulen entlang nach oben, wo sie auf modellierte Früchte und andere Köstlichkeiten stießen. Der spiegelblanke Marmorboden glänzte derart, dass Lilly Schwierigkeiten hatte, nicht die Orientierung in ihm zu verlieren, und ebenso schwer gelang es ihr, bei ihren Gehversuchen mit ihren spitz zulaufenden Sandaletten nicht zu stolpern.

Sie blickte sich um und empfand eine gewisse Genugtuung bei dem Gedanken, im – wie Francesco Florimo es bezeichnete – schönsten Opernhaus der Welt zu stehen.

Das Teatro alla Scala faszinierte. Nicht nur sie, und nicht nur in diesem Moment.

Ob die Fassade wohl ähnlich ausdrucksvoll gestaltet war?

Lilly trat durch eine der zahlreichen Glastüren nach draußen und wurde von Mailand geradezu lieblich empfangen. Trotz der schneebedeckten Rasenfläche der Piazza Scala[7] und trotz der Tatsache, dass auch hier etwas Wind und Kälte herrschten, fühlte sie sich wohl in ihrer Haut. Man musste es ihr ansehen, denn die Menschen, die an ihr vorbeispazierten und von Zeit zu Zeit einen anerkennungsvollen Blick auf das Teatro warfen, lächelten ihr spontan zu.

Lilly ging mit schwungvollem Schritt, der aber keineswegs eilend war, und bewunderte die beeindruckende Bauweise des Opernhauses. Dabei nahm sie sich Zeit, auf sich und ihre Umgebung zu achten – und genau das machte ihr Spaß. Es beflügelte sie, ob ihrer charmanten Art Bewunderer gefunden zu haben, die ungeschickt zu verheimlichen suchten, dass sie das Mädchen beobachteten. Manche zogen zu diesem Zwecke ihre ausgebreitete Zeitung etwas höher nach oben, wieder andere blickten schnell in die entgegengesetzte Richtung – Lilly war attraktiv und sie war sich dessen bewusst. Nach und nach fröstelte sie. Ihr Batistkleid und die kurze, wollene Stola, die sie um den Hals trug, waren nicht wirklich winterfest und auch die eleganten Sandaletten eigneten sich kaum für eine verschneite Wiese, ebenso wenig wie ihre bloßen Unterarme.

La Straniera

Ihr kurzer Spaziergang hatte sie um das Haus herumgeführt, sodass sie an der Rückseite der Scala angelangt war. Eigenartige Gestalten begegneten ihr dort. Gestalten, die geschminkt waren für die Uraufführung, und solche, die noch geschminkt werden sollten und mit ihrem halbfertigen Äußeren durch die Gegend eilten.

Die ganze Zeit schon waren Menschen, die Requisiten für die ‚Norma' transportierten, durch eine schwere Eisentür ein- und ausgegangen. Kurzerhand schloss sich Lilly einem der Bühnenarbeiter an, der gerade das hohe Portal öffnete, und gelangte zu den Katakomben der Scala[8].

Ein aufdringlicher Geruch von verbranntem Kerzenwachs lag in der Luft.

Sie bestieg eine flache Rampe, die zum Transport von schweren Gegenständen bestimmt war. Von fern her hörte sie Klänge und auch, wie diese durch die dumpfen Rufe eines Mannes immer wieder unterbrochen wurden. Kein Zweifel, Maestro Bellini setzte seine Generalprobe fort.

Hinter der nächsten Ecke vernahm sie abermals eine dunkle Stimme.

Doch war diese nicht so tief wie diejenige, die sie Vincenzo zugeschrieben hatte. Sie musste der Stimme schon recht nahe sein, denn nach und nach bekam sie etliche Fetzen eines Gespräches mit.

Innehaltend lauschte sie. Woher kam der Schall?

Plötzlich verstummte die Stimme.

Lilly zuckte zusammen bei dem Gedanken, entdeckt zu werden – doch anstatt wegzulaufen, blieb sie wie angewurzelt stehen.

„... So glaub' mir doch, Francesco ...", ertönte nun eine zweite Stimme, „... es ist schon lange nicht mehr so, wie es scheint."

Kein Zweifel. Diesmal handelte es sich um eine Frau, die in gehetzten Worten auf jemanden einsprach.

„... Wie soll ich Dir denn Glauben schenken, wenn man sich in ganz Milano das erzählt, was Du jetzt abstreitest?"

Der angespannte Tonfall verriet, dass es sich um eine bedeutungsvolle Sache handelte.

„... Aber Francesco ...", setzte die Frauenstimme erneut ein, „... glaub' nicht der Plebs, die sich in Milano zur Weihnachtszeit versammelt hat, um Argwohn über unser Opernhaus zu bringen. Traue doch nicht denen, die Du nicht kennst ..."

‚Francesco' hatte die Stimme gesagt. Francesco, Francesco – Francesco Florimo! Lilly presste ein Ohr an die Wand und hielt dabei den Atem an.

„Also bitte, Giuditta ...", sprach der Mann, „... Vincenzo ist mein bester Freund. Wir kennen uns seit vielen Jahren und ... nichts läge mir ferner, als etwas zu tun, von dem ich weiß, dass es ihn verletzen würde ..."

„... wie ich Dir ja schon sagte. Es ist längst nicht mehr so, wie Du denkst. Vincenzo und ich überlegen, eigene Wege zu gehen. Es läuft nicht mehr so wie am Anfang. Verstehst Du, Francesco? Er kann sich mit dem Gedanken, dass ganz Milano um unsere Affaire weiß, nicht anfreunden. Er fühlt sich unwohl mit mir, das spüre ich. Einzig und allein, *wann* wir uns Lebewohl sagen, ist die Frage, nicht *ob* wir das tun."

Lilly war sich nun sicher, wessen Gespräch sie heimlich verfolgte.

„... Du weißt, dass uns seit Längerem mehr verbindet, als nur die gemeinsame Freundschaft zu Vincenzo ..."

„... Giuditta, ich sagte Dir doch, es ist – ich kann nicht, Vincenzo ist mein bester Freund. Das wäre glatter Hochverrat!"

„... Was ist daran Hochverrat, wenn Du eine Frau begehrst, die Dich begehrt? Mein Mann interessiert sich schon lange für eine Andere und auch mit dem Catanesen[9] ist es so gut wie vorbei ... Schau mich also an und sag mir, was Du siehst!"

Es war Giuditta Turinas Stimme, die nun begehrlich bebte.

„...Was siehst Du, sag es mir! *Ich* kann es Dir sagen! Eine Frau, die sich verzehrt nach Dir, Francesco. Ich bitte Dich, mach' es uns nicht noch schwerer, als es ohnehin schon ist ..."

Und etwas kalmierter fügte sie hinzu, „... Ich werde es Vincenzo beichten. Heute noch. Sobald die Premiere der ‚Norma' über die Bühne gegangen ist, werde ich ihm sagen, dass es vorbei ist. Aus und vorbei. Er wird nicht erfahren, warum. Niemand wird erfahren, warum. Nur Du weißt, dass ich Dich liebe." Der Rest des Gesprächs ging in Flüstern und raschelnden Kleidern unter.

Lilly wurde etwas mulmig zumute. Auf Zehenspitzen schlich sie den gleichen Weg, den sie gekommen war, zurück und öffnete mit einiger Mühe die schwere Eisentür, um sie dann so leise wie möglich wieder hinter sich zu schließen.

Anschließend eilte sie durch die Kälte des Winters dem Haupteingang der Scala entgegen, all die Türen und Gänge entlang. Wo war bloß ...?

„Signorina", stand ihr Bellini unvermittelt gegenüber, „ich hatte gehofft, dass Sie kommen würden! Sie gestatten?" Galant trat er auf sie zu, um ihre Hand zu ergreifen und sie ungewöhnlich intensiv zu küssen. Er liebkoste sie vielmehr, als dass er sie küsste.

„Maestro ...", knickste Lilly ehrfürchtig, und der Komponist konnte sich einen leisen Lacher nicht verkneifen.

„Verzeihen Sie, Liliane", entschuldigte er sich sogleich, „es ist nur – in Milano – aber das können Signorina nicht wissen – die Damen Milanos gebrauchen diese Art der Höflichkeitsbezeugung schon lange nicht mehr. Es scheint mir, als hätten Sie in einem vergilbten Büchlein Ihrer Großmama nachgeblättert und dabei Gesellschaftsregeln gefunden, die zu Zeiten des Kollegen Mozart an der Tagesordnung waren."

Behutsam zog er Lilly zu sich in die nahe Künstlergarderobe und schloss sogleich die Tür.

Gustiöse Ablenkung

Scheu betrachtete sie den kleinen, kärglich eingerichteten Raum. Ein Schreibtisch zwängte sich unter dem sperrangelweit geöffneten Fenster, auf dem zahlreiche beschriebene Notenblätter lagen. Vor diesem stand ein Biedermeierstuhl, dessen Sitz mit rosa-weißgestreiftem Stoff überzogen war und einen großen, roten Tintenfleck aufwies. Letzterer schien noch frisch zu sein, denn seine Ränder schimmerten heller als der Rest. An den Wänden des Raumes waren Kandelaber[10] befestigt und die Kerzen, die in ihnen steckten, mussten schon seit geraumer Zeit brennen.

Der Boden knirschte und Lilly wendete sich erschrocken um.

Bellini war auf sie zugegangen und wollte soeben ansetzen, etwas zu sagen – als sein Blick auf den Schreibtisch fiel. Auch er entdeckte nun mit einer Mischung aus Erschrecken und Verwirrung die ungewohnte Unordnung auf seinem Arbeitsplatz.

Die Notenskizzen lagen verworren auf der Tischplatte herum und eine breite, dunkle Spur zog sich quer über das Chaos – bis sie schließlich auf den befleckten Stuhl traf.

Vincenzo hielt inne und wirkte auf einmal wie versteinert.

„Maledizione[11], zum Henker mit ihm!" Wie ein Vulkan brach der Fluch aus ihm heraus. „Wenn ich ihn zu packen bekomme, dann gnade ihm Gott!" In größter Eile untersuchte er die Notenblätter.

„... quattro, cinque, sei ...", murmelte er dabei leise vor sich hin und kontrollierte, ob alles beim Alten war.

„Maestro ...", unterbrach Lilly ihn zaghaft, „... dürfte ich wohl bitte erfahren ..."

„Signorina!", antwortete er schroff, „Es ist besser, wenn ich Sie hier heraushalte. Sie versinken sonst, genau wie ich, in einem Sumpf voll dreckiger und gemeiner Intrigen, die so schäbig sind, dass ich sie vor einem so reizenden jungen Geschöpf gar nicht ausbreiten mag ..."

Während er mit Lilly sprach, inspizierte er den nächsten Stapel Papier, der großteils mit Tinte durchtränkt und dadurch unleserlich geworden war.

„Ich habe seit geraumer Zeit eine Vermutung ...", fuhr Bellini geistesabwesend fort.

„Maestro ...", versucht Lilly, sich erneut einzumischen, „... der Wind heut' war stark, so stark wie in Salzburg um diese Jahreszeit. Womöglich hat *er* das Fenster aufgerissen und ..."

„No, no, no – Signorina! Sie wissen nicht, wovon Sie sprechen! Sie haben ja keine Ahnung, mit welch dunklen Mächten Sie es hier zu tun haben ..."

Verbissen fing er von Neuem an, Kabalen und undurchsichtige Kanäle für das Chaos auf seinem Schreibtisch verantwortlich zu machen.

„... Domenico Barbaja weiß, dass er als Impresario die uneingeschränkte Macht über uns Komponisten ausübt – zumindest glaubt er das. Ja, und seien Sie versichert, Signorina, Männer wie er, die in den höchsten Ämtern stehen, müssen auf dem Weg nach oben einiges an Steinen aus dem Weg schaffen ..."

Mit dem Handrücken fuhr er sich über die Stirn.

„Domenico Barbaja ist ein gefährlicher Mann. Ganz Milano weiß das, und alle fürchten ihn ..."

„Müsste man sich aber nicht eher noch vor einem Schlachtermeister in Acht nehmen?", bemerkte Lilly naiv. Bellini donnerte mit der Faust auf den Tisch, so dass einige der losen Blätter auf den Boden segelten.

„Signorina!", schrie er entgeistert, „Wir haben es hier nicht mit Kämpfen zu tun, die durch Muskelspiel oder Waffen ausgefochten werden! – – Verzeihen Sie, Gnädigste, wenn ich laut werde – – aber die Waffen dieser Schlacht bestehen nicht aus Messer und Dolch. Die Waffen des Kampfes, den Rädelsführer[12] Barbaja austrägt, sind weitaus gefährlicher als die des Schlachtermeisters ..."

Es klopfte an der Tür.

Während Bellini noch „Un momento!" rief, stemmte er sich gegen das offene Fenster und hängte die beiden Eisenstäbe in die dafür vorgesehenen Ösen.

Fahrig versuchte er sodann, die fliegenden Blätter einzufangen und auf einen Stapel zusammenzuwerfen.

„Herein!", räusperte er sich noch, bevor die Türklinke sich senkte ...

„F-Francesco – – ?"

„Vincenzo! Ah, und das gnädige Fräulein ist ja auch bei Dir ..."

Francesco blickte auf Lilly und mochte sich wohl seine ganz eigenen Gedanken machen, denn seine linke Augenbraue wanderte nach oben, um dort kurz zu verharren und sich anschließend wieder in eine normale Position zu begeben.

Seine Kleidung war geordnet und nichts deutete darauf hin, dass er kurz zuvor mit Giuditta Turina in ein leidenschaftliches Erlebnis verwickelt war. Dennoch rückte er sich unwillkürlich den Kragen seines Chemisetts zurecht und strich sich eine Locke aus dem Gesicht.

„Ich dachte, Dir – Euch würde eine kleine gustiöse Ablenkung gut tun ..." Er stellte einen Korb auf den Boden und ging dabei in die Knie. „Also, was haben wir denn da – ein bisschen Gebäck, köstlichen Räucherspeck vom Markt ... Tja, und natürlich die obligate Knolle Knoblauch. Isst Du sie immer noch roh, Vincenzo?"

Bellini, der sich inzwischen wieder gefasst hatte, trat nun gelöst auf seinen Freund zu und umarmte ihn herzlich. Als störe ihn etwas, wich er jedoch unversehens in Richtung Fenster zurück, wo er sich weiter mit dem Sortieren der verwirbelten Notenblätter beschäftigte.

Während Francesco damit begann, auf dem Beistelltisch gestärkte Baumwollservietten zu einer Jausenunterlage auszubreiten, fiel Lillys Blick auf Francescos Schuhe. Eine der kunstvoll gebundenen Schleifen war aufgegangen und hing lose auf den Boden herunter. Augenblicklich erkannte sie darin ein Zeichen für das, was nach dem Gespräch zwischen Giuditta und Francesco passiert sein mochte. In Lillys Phantasie kam Giuditta Francesco noch näher und warf sich ihm an den Hals. Als sie ihn küssen wollte, musste sie sich auf die Zehenspitzen stellen und – dabei passierte ihr das Malheur mit den Schnürsenkeln.

„Suchen Signorina etwas?", fragte Florimo, als er Lillys starren Blick bemerkte.

„Nein, nein, gewiss nicht, Herr Francesco. Es war nur – ich dachte, aus meiner Handtasche sei etwas herausgefallen und ..."

„Vincenzo, mein Lieber, was treibst Du da so geschäftig am Schreibtisch?", wandte sich Florimo sogleich nervös an seinen Freund, „... Komm zu uns, nimm einen Bissen Brot und gleich ein kräftig Stück Speck darauf, es wird Dir gut tun ..."

Von hinten trat er an Vincenzo heran, der sich hastig und unvermittelt umdrehte.

„Weißt Du, Francesco, eigentlich ist mir der Appetit vorhin vergangen, als ich den Raum hier in verwüstetem Zustand vorfinden musste ..."

Schwer atmend ließ sich Bellini auf einem Biedermeierstuhl nieder.

„... Ich vermute dahinter abermals eine der Attacken Signore Barbajas. Er will mich zugrunde richten, ich fühle es. Er und – Donizetti, dieser ... – dieser direkte Nachfahre des Teufels!" Mit der Faust schlug er in seine geöffnete Hand und sprang empor.

„Aber Vincenzo, so beruhige Dich doch!", versuchte Francesco, der mit besorgtem Blick die Szene verfolgte, ihn zu besänftigen. „Warum sollte Gaetano denn – warum sollte denn gerade er sich mit Barbaja gegen Dich verschworen haben und Dir Schaden zufügen wollen?"

Francesco wusste natürlich längst um die Vermutungen Bescheid, die Vincenzo Bellini gegen Impresario Domenico Barbaja und Komponistenkollegen Gaetano Donizetti hegte.[13] Er konnte sich trotz allem beim besten Willen nicht vorstellen, dass es jemand auf das Wohlergehen seines Freundes abgesehen hatte. Francesco war die Regelmäßigkeit des Lebens gewohnt. Er ging tagtäglich zur Arbeit in die Bibliothek des Conservatorio und freute sich, wenn er des Abends in seinem kleinen Appartement mit sich und seinem Kater Felice allein sein konnte. Er war kein Familienmensch und wollte auch nie einer werden. Die Verantwortung, welche er für sein Haustier zu übernehmen hatte, reichte ihm völlig aus. Eine Ehe oder gar die Vaterrolle kamen für ihn absolut nicht in Betracht. So also hatte er schon seit Vincenzos Fortgang aus Napoli viel Zeit, langen und ausführlichen Briefkontakt mit diesem zu pflegen, und beide hielten bis zum heutigen Tage an dieser liebgewonnenen Gewohnheit fest.[14] Manchmal aber nahm Francesco Florimo lange Wege auf sich, um seinen Freund persönlich zu besuchen und das Vergnügen einer Uraufführung an der Scala oder anderswo zu genießen.

„Vincenzo, Du weißt doch ..." Florimo steckte eine Hand in die Hosentasche und versuchte, seinem Freund einen überlegenen Eindruck zu vermitteln, während gleichzeitig aus dem Orchestergraben vereinzelt Töne in die Garderobe drangen, die verrieten, dass sich die Violagruppe nochmals zu einer freiwilligen Probe versammelt hatte.

„Diese Bratschen", unterbrach Bellini den Bibliothekar, „manche von ihnen werden nie lernen, das zu spielen, was in den Noten steht. Manche begreifen nicht, wie man aus Noten *Töne* macht. Kannst Du das verstehen, Francesco?"

Froh darüber, dass das Gespräch inzwischen in musikalische Bahnen geraten war, versuchte sich Francesco zur Ablenkung in einem heiteren Witzchen.

„... Nun, mein Freund, Du weißt ja um die Kunst des Bratschierens. Möchtest Du von einem Violisten ein Tremolo, so notiere einfach ‚pianissimo' unter der entsprechenden Stelle. Du kannst Dir dessen gewiss sein: Der Bogen wird vor Aufregung meisterhaft zittern und tremolieren."

„... Außer der Pasta kannst Du sie alle vergessen ...", war Bellini indessen in eine neuerliche Litanei über das Nichtkönnen seiner Musiker geraten und fing an nun auch die Sänger zu kritisieren, „... Die Pasta singt herrlich und sie tut gut dran, gerade heute Abend und in der Rolle der ‚Norma' zu glänzen." Jene Dame hatte nichts mit italienischen Teigwaren zu tun, vielmehr war es Giuditta Pasta, die heute, am 26. Dezember 1831, ihr Debüt der Norma an der Scala geben sollte und zu diesem Zwecke natürlich gut vorbereitet war.

„Sieh doch, Francesco, was mir Giuditta ...", und beim Namen Giuditta zuckte Florimo sichtbar zusammen, „... sieh doch, was sie mir überbringen ließ."

Er deutete auf einen Lampenschirm aus Pergament, dessen Ständer eine kitschige Szene mit Kriegern und Jungfrauen zierte. Stoffblumen und ein kurzes Schreiben ergänzten das Ensemble, welches unversehrt geblieben war, weil Bellini es auf dem hinteren Eck seines Schreibtisches aufgestellt hatte.

Francesco nahm das Büttenpapier an sich: *„Erlauben Sie mir, Ihnen etwas zu senden, das Zeuge meiner Ehrfurcht vor Ihren großartigen Melodien ist, die ich lange Zeit nicht zu bewältigen schien. Diese Lampe hat mir bei Nacht und diese Blumen haben mir bei Tag beigestanden, wenn ich die ‚Norma' probte und darauf hoffte, in Ihrer Achtung zu steigen, Maestro Bellini. In tiefer Freundschaft, Giuditta P."*

In tiefer Freundschaft ...

Bellini stand am Fenster, ein Stück belegtes Brot in der einen, ein Glas Rotwein in der anderen Hand.

„Signorina, Gnädigste ...", wandte sich Francesco Lilly zu, „... bitte bedienen Sie sich, sollten auch Sie Hunger verspüren. Es ist von allem reichlich da und es wäre mir eine große Freude, wenn auch Sie sich laben würden ..."

Und mit leicht süffisantem Unterton fügte er hinzu: „Seien Sie versichert, Signorina Liliane, Ihre zarte Taille vertrüge das eine oder andere Scheibchen Räucherspeck gewiss." Er blickte an ihren Hüften entlang und verharrte anstandsgemäß in Höhe des Bauchnabels. Als habe er ein schlechtes Gewissen, drehte er sich alsdann um. „Natürlich schneide ich Ihnen das knusprige Brot gerne auf, wenn Sie es wünschen. Zarte Finger sollten nicht mit solch schweren Messern hantieren."

Als Hagestolz war Francesco Florimo meist äußerst darum bemüht, in weiblicher Gesellschaft einen zuvorkommenden Eindruck zu machen. Und gerade das gelang ihm in diesem Moment ganz vorzüglich: Ohne eine Antwort abzuwarten, bereitete er dem Mädchen eine wohlschmeckende Jause. Als er sie überreichte, meinte Lilly, den Duft einer Frau an ihm wahrnehmen zu können – es musste Giuditta Turinas Parfum sein ...

Reminiszent

Lilly sah in der Turina eine verführerische Dame von hohem Stande, die es sich leisten konnte, französische Essenzen zu tragen und kostbaren Stoff zu edlen Kleidern verarbeiten zu lassen. In Gestalt und Auftreten hob sich Giuditta Turina von den anderen Damen der Mailänder Gesellschaft ab und schaffte, wovon andere bloß träumen konnten: Die Männer waren verrückt nach ihr! Giuditta hatte schon sehr jung geheiratet, doch war die kinderlose Ehe unglücklich. Sie fühlte sich von ihrem Manne nicht verstanden, suchte die Abwechslung in der Stadt und war bei einem ihrer zahlreichen Opernbesuche in der Scala auf Vincenzo Bellini aufmerksam geworden.

Er hatte ihr und sie hatte ihm gefallen – und alles in allem wurde eine intensive Liebesaffäre daraus, die bis – tja, wohl bis heute Abend – andauerte. Vor zwei Wochen noch waren Bellini und die Turina gemeinsam heimlich verreist – und ganz Mailand hatte darüber gemunkelt. Es gab einen kleinen Skandal, denn Giudittas Gatte, ein angesehener Geschäftsmann, hatte erst über Umwege von diesem Verhältnis erfahren. Jahrelang verstanden es beide gut, die Beziehung zu vertuschen, doch als sie sich händchenhaltend in der Scala zeigten, wusste jedermann Bescheid.

Giuditta, die davon überzeugt war, dass sich ihr wesentlich älterer, bereits einmal geschiedener Mann nicht auch von ihr würde scheiden lassen, ignorierte das Gerede der Leute und genoss es, einen der angesehensten Komponisten ihrer Zeit verführt zu haben. Manche streuten sogar das Gerücht, sie lege es darauf an, von Bellini geschwängert zu werden, da ihr Gespons dazu nicht in der Lage sei. Leute, die dies behaupteten, waren jedoch nicht davon unterrichtet, dass Giuditta Turinas Mann bereits zwei Kinder aus erster Ehe hatte, die bildhübsch und ganz reizende Geschöpfe waren ...

Die Zeit war vorangeschritten und Francesco, der augenscheinlich nach dem Besuch im Café nicht allzu lange auf seinem Zimmer geruht hatte, vermochte ein Gähnen nicht zu unterdrücken.

„Francesco, Du aufgewecktes Kerlchen ...", neckte ihn Bellini, „... ist es noch genauso wie damals in Napoli, als Du in den Unterrichtsstunden Zingarellis regelmäßig eingeschlummert bist und ich Dich rütteln musste, damit Dein Schnarchen nicht zu offenkundig wurde?"

Vincenzo, der seinen Freund gut kannte, wusste, dass dieser gern lange schlief. Und war einmal nächtens nicht genug Zeit dafür, so nahm sich Francesco ganz einfach die Freiheit, untertags das eine oder andere Nickerchen zu machen. Seine Profession als Bibliothekar des Conservatorio erlaubte ihm durchaus, nicht ständig auf der Hut zu sein – und jedermann rechnete damit, dass es bei den Entlehnungen ab und an zu Verzögerungen kommen konnte. – – Dann half den Studenten und Lehrenden auch heftiges Pochen und Klopfen an der Tür seines Kabinetts herzlich wenig, denn Francesco Florimo hatte einen äußerst gesunden Schlaf. Zusätzlich stopfte er sich, um auch ja nicht gestört zu werden, gedrehte Knöllchen aus Ziegenwolle in die Ohren, die jenen Lärm dämpfen sollten, der von außen an ihn herandrang. Auf belustigte Fragen seitens der Kollegen, warum ihm denn immer weiße Fädchen aus seinen Löffeln hingen, entgegnete er schlicht, eine schwere Mittelohrentzündung aus früher Jugend zeige bis jetzt Nachwirkungen und mache den Einsatz seiner wärmenden Surrogate dringend erforderlich. Diese kleine Notlüge, die allen im Conservatorio als eine solche bekannt war, verschaffte ihm also genussreiche Stunden der himmlischen Ruhe ... Da es sich bei Francesco Florimo jedoch um einen äußerst zuvorkommenden und hilfsbereiten Mitarbeiter handelte, nahm niemand ernsthaft daran Anstoß.

„Sag, Francesco, was hast Du bloß gemacht vorhin? Wolltest Du Dich nicht ausruhen – um später für die ,Norma' gerüstet zu sein?"

Bellini trat forsch an ihn heran und fügte mit bestimmtem Ton hinzu, „... und gnade Dir Gott, solltest Du die Arie der ,Casta Diva' verschlafen. Die Pasta und ich würden Dir eigenhändig und vor dem gesamten Auditorium den Hals umdrehen!"

Bei diesen Worten deutete er an, seinen Freund zu würgen, und weil beide dabei ins Stolpern gerieten und beinahe über das Jausentischlein gefallen wären, mussten sie wie aus einem Munde herzhaft lachen. Sie zankten und kniffen sich und dachten nicht daran, aufzuhören – da pochte es plötzlich an der Türe.

Erst nach abermaligem Klopfen kalmierten sie sich und ordneten hastig ihre durcheinandergebrachten Haare.

Vincenzo Bellini öffnete die Tür und ein Windstoß durchwehte den Raum. Draußen stand ein Mann fortgeschrittenen Alters, der eine Notentasche in der Hand trug.

Wer ihn nicht kannte, mochte vermuten, es handle sich um einen der Orchesterbratschisten. Vielleicht wollte er pünktlich vor der Uraufführung mit einer Entschuldigung auf den Lippen endgültig das Handtuch werfen und führte aus diesem Grunde an, dass ihm die Musik Bellinis ganz einfach zu schwer sei und er von nun an nur noch Donizetti zu spielen gedachte. Donizetti, und ein bisschen Rossini ...

„Maestro Zingarelli ...", löste Bellini das Rätsel auf und auch Francesco eilte zur Tür, um den langjährigen Kompositionslehrer stürmisch zu begrüßen.

„... Welch' Freude und Ehre, Sie hier in Milano zu begrüßen ..."

Bellini, der seinem früheren Lehrer mehr als nur Kenntnisse der Musik zu verdanken hatte, schien sichtlich gerührt. Überwältigt davon, den guten Freund und Gönner gerade jetzt anzutreffen, verbeugte er sich gleich mehrmals vor dem graumelierten Monsieur.

Rückblende

Niccolò Zingarelli zögerte, das Zimmer zu betreten. Seine fleischige Nase blähte die Nüstern und mit Argusaugen durchleuchtete er den Raum. Als er Lilly entdeckte, kniff er sie etwas zusammen – jedoch nur, um anschließend Bellini und Florimo umso genauer unter die Lupe zu nehmen.

Zingarelli kam geradewegs aus Neapel, wo er am Tag zuvor noch am dortigen Conservatorio Tonsatzlehre unterrichtet hatte. Auch Vincenzo und Francesco waren einst Schüler von ihm gewesen, und Bellini hatte es vor gut einem Jahrzehnt Niccolò Zingarelli zu verdanken gehabt, dass sich dieser in seiner Eigenschaft als Direktor der Anstalt in vielerlei Hinsicht persönlich für ihn verwandte. Zingarelli war es, der Vincenzo aus den Anfängerkursen herausholte, welche dieser aufgrund seiner mangelhaften Theoriekenntnisse zu besuchen hatte, und der später dafür sorgte, dass Bellini die Schulgelder erlassen wurden, nachdem er eine Ausleseprüfung mit Bravour bestanden hatte und von nun an die Uniform des Instituts tragen durfte.

Wie gut erinnerte er sich an das Jahr 1822, in dem die beiden geschwätzigen Freunde seine Schüler gewesen waren ...

Heute noch runzelte er die Stirn, wenn er daran dachte, wie aufmüpfig Francesco und Vincenzo sein konnten, wenn es um die Einhaltung des klaren italienischen Kompositionsstiles ging. Beide widersetzten sich standhaft, die von Zingarelli vorgeschriebenen Notationsideale in ihre Übungsbeispiele einzubauen. Manchmal gab es dafür schlechte Zensuren, und der Maestro hatte Vincenzo nicht nur einmal darauf hingewiesen, dass das Conservatorio zu Neapel kein geeigneter Platz für Widersacher sei, die nicht im Entferntesten daran dachten, dem klassischen Stil treu zu bleiben.

Zingarelli, der von sich selbst behauptete, der neapolitanischen Flagge durch und durch Folge zu leisten, sah ein solch subversives Verhalten geradezu als Landesverrat an und lediglich Bellinis schöne Melodien konnten ihn davon abhalten, seinen Spross nicht an den Pranger zu stellen.

Im Gegenteil.

Bellini beeindruckte ihn sogar derart, dass er ihn bereits zwei Jahre darauf zum ‚primo maestrino'[15] machte. Dies verpflichtete Vincenzo zwar dazu, unbegabten Kommilitonen Nachhilfestunden zu erteilen, verschaffte ihm andererseits aber bedeutende Vergünstigungen, die ihn das Leben wesentlich angenehmer gestalten ließen. Das eigene Zimmer im Collegio zum Beispiel, welches Vincenzo als Gegenleistung erhielt, blieb nicht lange ungeteilt, und es war kein Geheimnis, dass beim schönen Sizilianer hübsche Mädchen ein- und ausgingen ...

Freilich war es den Bewohnern des Studentenheimes streng untersagt, weiblichen Besuch zu empfangen, geschweige denn über Nacht bei sich einzuquartieren – aber Bellinis inzwischen durchweg positive Leistungen schützten ihn vor so mancher disziplinarischer Konsequenz.

Direktor Zingarelli hatte den schlanken Blonden nach und nach liebgewonnen und obwohl er ihn des Öfteren dazu ermahnte, sein Privatleben endlich etwas ruhiger zu gestalten, um morgens nicht mit dunklen Ringen unter den Augen im Unterricht zu erscheinen, kümmerte sich Vincenzo Bellini herzlich wenig um die Ratschläge seines Mentors.

Eines Tages, das Gespräch war wieder einmal auf die nächtlichen Störgeräusche aus Bellinis Suite gekommen, nahm Niccolò Zingarelli seinen Klassenprimus beiseite. „Vincenzo ...", begann er seine Strafpredigt, „... ich sagte Dir bereits letzte Woche, dass ich alle Deine Dir zustehenden Opernbesuche im San Carlo[16] und im Fondo[17] für den gesamten restlichen Monat streichen lassen werde, wenn sich die Klagen über Dich nicht ab sofort einstellen ..."

Donnerstags und sonntags war es Bellini aufgrund seiner vorbildlichen Leistungen gestattet, in einem der beiden Teatri zur Oper zu gehen – senza soldi[18]. Eine Sanktionierung hätte für ihn nicht nur bedeutet, weniger kompositorische Fortschritte zu machen, sondern auch den wichtigen Kontakt zu anderen Kollegen zu verlieren, die von weither anreisten, um die jeweils neuesten neapolitanischen Stücke zu hören. Es war also an ihm, der Drohung seines Lehrmeisters möglichst geschickt auszuweichen – ohne dabei seine privaten Gewohnheiten allzu sehr einschränken zu müssen. Auf diplomatischem Wege schlug er Zingarelli daher mit genau den Waffen, welche dieser ihm einst in die Hand gegeben hatte.

„Verehrter Maestro", begann er traditionell sizilianisch und lächelte dabei siegesbewusst, „Sie brachten mir bei, wie ich meine Kompositionen singen lassen kann ..." Etwas näher noch trat er an den Direttore heran, um der Glaubwürdigkeit seiner Aussage Gewicht zu verleihen. „... Sie lehrten mich einst, dass ich mir nur so wirklich sicher sein könne, das Publikum in meinen Bann zu ziehen ..."

Bellini nahm die Hände aus den Hosentaschen und fing an zu deklamieren.

„... ,Wenn Du mit doppeltem Kontrapunkt, Kanons, Fugen, Noten und Gegennoten die Zuhörer quälen willst', sagten Sie mir, ,so wird Dir nach einem halben Jahrhundert die Welt der Musik Beifall spenden – oder auch nicht' – –"

Die Hände des Jünglings verharrten angespannt in der Luft, so als wollten sie gestikulieren, dass sich seine Rede jetzt dem dramatischen Höhepunkt näherte.

„– – ,Melodien – das Publikum will Melodien, Melodien und immer nur Melodien haben' – das waren Ihre Worte, Maestro Zingarelli", und dabei blickte Vincenzo gen Deckenleuchte, die ihm angesichts der Tatsache, dass er nicht unter freiem Himmel predigen konnte, wohl ein ausreichender Ersatz zu sein schien.

„... Nun ...", fuhr er etwas kleinlauter fort, „... Melodien entstehen bei mir nicht allein im Geiste – ich muss sie auch *fühlen* können. Nur meine Emotion verschafft mir das, was ich später zu Papier bringe ... – verstehen Sie mich nicht falsch, Maestro Zingarelli ...", fügte er im Flüsterton hinzu, „... aber der regelmäßige Besuch weiblicher Geschöpfe erlaubt es mir, Höhenflüge anzustellen, von denen Andere nur träumen können!"

Zingarelli erkannte, dass es sinnlos war, den an Energie überschäumenden Jüngling zwanghaft in ein Korsett stecken zu wollen.

Er gab klein bei – auch wenn er sehr wohl um die Gefahren Bescheid wusste, welche Bellinis Abenteuer mit sich bringen konnten[19] ...

Gerade so laut nur, dass es niemand außer den zwei im Raum befindlichen Personen hörte, sagte er deshalb zu seinem Schützling: „Nun, Vincenzo, es sei Dir gestattet, zum Wohle der Musik weiterhin damenhaften Besuch zu empfangen ...", und noch leiser fuhr er fort, „... aber sieh zu, dass Deine Kommilitonen von den abendlichen Eskapaden verschont bleiben ... unter ihnen ist auch der Sohn des Stadtrates von Napoli – das

Conservatorio findet sich sonst bald mit gestrichenen Tantiemen in den Schlagzeilen der lokalen Presse wieder. – – Willst Du das etwa?!"

Bellini schüttelte den Kopf – man war sich einig.

Von nun an würde Zingarelli dem jungen Mann mehr durchgehen lassen, als er eigentlich durfte, und im Gegenzug erhoffte er sich von einem seiner vielversprechendsten Schüler außergewöhnliche Kompositionen. Kompositionen, die so gut waren, dass sie im Teatrino[20] erklingen konnten – und zwar für die Dauer eines ganzen Jahres.

Bellinis Auskommen schien gesichert, denn auf seinen Bühnenerstling ,Adelson e Salvini', der ebendort 1825 begeistert aufgenommen wurde, folgte ein Kompositionsauftrag des Teatro San Carlo in Neapel, welcher ihm neben finanziellen Lorbeeren auch die weiblichen Herzen der Stadt zutrug ...

Der Schandfleck

Zielstrebig bewegte sich Zingarelli nun gänzlich ins dämmrige Zimmer und brachte damit augenblicklich die an der Wand befindlichen Kandelaber zum Erzittern. Francesco und Vincenzo, die bemerkt haben mussten, dass Zingarellis Laune nicht die beste war, traten beide einige Schritte zurück.

Und obwohl Bellini davon überzeugt war, die ,Norma' sei ihm gut gelungen, stand er nun, genau wie Francesco auch, mit enganliegenden Armen in der Mitte des Raumes und wartete auf ein Donnerwetter, welches diesmal nicht vom grau verhangenen Himmel kam.

Niccolò Zingarelli räusperte sich und musterte Lilly mit einem unergründlichen Blick.

Er räusperte sich abermals, um anschließend seine Notentasche mit einem durchdringenden Knall auf den Boden zu schmettern.

Unbeeindruckt davon, dass sich eine Dame im Raum befand, zog er sein Gilet aus und öffnete zudem die obersten Knöpfe seines am Halse leicht verschwitzten Hemdes. Des Maestros Stirnfurchen hatten sich bereits so weit in die Haut vorgekämpft, dass nicht mehr daran zu denken war, ihnen den Garaus zu machen. Im Gegenteil: Sie verliehen seinem Gesicht einen furchteinflößenden Charakter, der ihm beim Unterrichten am Conservatorio nur von Vorteil sein konnte, wenn es wieder einmal darum ging, geschwätzige Studiosi zum Schweigen zu bringen. Statt eines kurzen Lächelns also, welches die gespannte Lage hätte besänftigen können, suchte er nach einem dickeren Paket von Zetteln, welches in baumwollene Bänder eingeschnürt war. Zwei schlampig gebundene Schleifen hielten das Spartito[21] der ,Norma' zusammen, das der Meister geschickt mit spitzen Fingern aus der Tiefe der Rindsledertasche hervorkramte, um es anschließend geradezu lieblos auf den vollgeräumten Schreibtisch fallen zu lassen.

Ohne auf die im Raum anwesenden Personen Rücksicht zu nehmen, zückte Signore Niccolò das Monokel, welches er zur Sicherheit und für Situationen wie die jetzige immer bei sich trug. Professoral begann er, auf verächtliche Art und Weise im Exposé der ,Norma' zu blättern, das ihm Bellini vor Kurzem zugeschickt hatte, um wie gewohnt die Meinung seines geschätzten Lehrers einzuholen.

Es kümmerte Zingarelli freilich wenig, dass einzelne Skizzenblätter aus dem Stapel herausgerissen wurden und auf den Boden segelten, denn ein abermaliges Räuspern, das diesmal so gewaltig war, dass man es bestimmt bis weit in den Orchestergraben hin vernehmen konnte, ließ erkennen, dass es nun ans Eingemachte ging.

„Nun gut ...", sagte er quasi als Begrüßung, da er es bis dato ja offensichtlich zu vermeiden gewusst hatte, irgendein freundliches oder aufmunterndes Wort über die Lippen zu bringen, „... hier haben wir also die ‚Norma'."

Und dabei sprach er ‚Norma' so aus, als würde es sich um eine Krankheit handeln.

„Signore, Maestro – – Maestro Zingarelli, Signore ...", versuchte Francesco, der die Stimmung des ehemaligen Lehrers wohl zu deuten wusste, mit einem Glas Rotwein mildernde Umstände zu erwirken.

„Ruhe jetzt! Setzt Euch, und zwar beide!", erteilte dieser Francesco eine herbe Abfuhr. Zingarelli ließ sich von der Tatsache, dass sein Ex-Zögling Vincenzo Bellini inzwischen ein gefeierter Opernstar war, dem zumindest der weibliche Teil Italiens gänzlich zu Füßen lag, alles andere als beeindrucken. Vielmehr dachte er an das, was ihm die beiden Freunde vor einigen Jahren noch angetan hatten, als sie wieder und wieder seinen Unterricht am Conservatorio durch aufmüpfige Kommentare zu stören wussten.

„Bei der ‚Norma'", fuhr er fort, „handelt es sich augenscheinlich um eine Oper."

Als hätte er dies gerade erst herausgefunden, hielt er inne, um nach kurzem Kopfschütteln seinen Gedanken wieder aufzunehmen.

„Eine Oper von Vincenzo Bellini, eine Oper von meinem Schüler!"

Zingarelli sprach in einem Tonfall, der allen Beteiligten verriet, dass er mit seiner letzten Bemerkung keine Frohbotschaft verkündete. Während sich die angespannte Lage nach und nach zuspitzte, fand der Maestro, wonach er suchte. Er musste bis zum dritten Akt der Oper vorblättern, um nun endlich gefestigt und mit nach wie vor starrem Blick seine Anklageschrift zu verlesen.[22]

„Kämpfe! Kämpfe! Die gallischen Eichen sind nicht stärker als Galliens Mann, wie das hungernde Raubtier die Herden, fällt er die römischen Phalanxe an ..."

Forsch ging er rezitierend auf und ab.

„... Schlachtgemetzel! Vertilgung und Rache! Falle Wucht und der Sturmbock erkrache. Wie die Distel der Sichel erliegt, sei der Römer durch Schwerter besieget ..."

Sein Schritt wurde schwerer.

„... Stürzt die Adler, beschneidet die Schwingen, tötet alles, was Waffen noch trägt. Vincenzo, ich möcht' Dir sagen, tötet alles, was ‚Norma' noch spielt. Denn wie Du den Kriegerchor vertont hast, è una vergogna per tutta l'Italia![23]"

Zingarelli griff nun doch nach einem Glas Wein und nahm einen kräftigen Schluck daraus. Ohne abzusetzen kippte er den Roten hinunter und leerte den Becher in einem Zug. „Ich kann mich leider nur wiederholen, Gott sei mein Zeuge, dass ich dies hier und jetzt tue: Der Kriegerchor bringt Schande über unser Vaterland, und noch in ein paar Monaten werden sich die Giornali darüber lustig machen, dass Notationsfehler und Ungereimtheiten in der Musik Vincenzo Bellinis das Publikum aus dem Teatro treiben. Und dass sein ehemaliger Lehrer, der Direktor des Conservatorio zu Neapel, dass Niccolò Zingarelli – dass *ICH* ..."

Durch die Nase schnaubte er ein und aus und fügte nach einer unerträglich langen Pause hinzu, „... dass gerade *ICH* diesem Mann das Komponieren beigebracht habe. Eine Schande nicht nur für Italia, una vergogna anche per me![24]"

Hochrot riss er sich das Monokel von der Nase und warf es vor sich auf den Tisch. Er hatte gesagt, was gesagt werden musste und fühlte sich nun besser. Die Botschaft, wegen der er den langen und beschwerlichen Weg von Neapel nach Mailand gekommen war, hatte ihr Ziel erreicht und mit dieser Gewissheit konnte er getrost wieder nach Hause fahren – womöglich, ohne der abendlichen Premiere beigewohnt zu haben. Einzig und allein das zunehmend schlechter werdende Wetter mochte ihn davon abhalten, postwendend eine neue Kutsche zu bestellen, die ihn schnurstracks nach Napoli hätte bringen sollen.

So stand er nun wie ein Lehrmeister im Raum und wartete auf die Verteidigungsrede seines Schülers. Doch es war Francesco, der das Wort ergriff und versuchte, die ‚Norma' und seinen Freund Bellini in Schutz zu nehmen.

„Maestro Zingarelli", begann Florimo untertänig, „der Charakter der ‚Norma' bringt es automatisch mit sich, dass im Kriegerchor …"

Weiter kam er nicht, denn Zingarelli unterbrach ihn schroff.

„Der *Charakter* der ‚Norma'?! Nun, Francesco, so sage mir doch, was den *Charakter* der ‚Norma' ausmacht – ich konnte bislang keinen entdecken!"

Resigniert senkte Francesco den Kopf. Und wäre man über die näheren Umstände nicht informiert, man hätte den Anschein gewinnen können, Zingarellis Auftreten sei von der Gegenseite initiiert worden, um pünktlich am Tage der Uraufführung Unruhe zu stiften.

Dass dem offensichtlich nicht so war, wurde alsbald deutlich, denn der Maestro lenkte ein, dass er den Rest der Oper ganz ‚nett' fände. Auch wenn er seinen Schülern ein solches Werk ohne vorherige Verbesserung etlicher Passagen nicht durchgehen ließe, besitze die ‚Norma' durchaus dankbare Melodien, und bei der Arie der ‚Casta Diva' könne er sich sogar vorstellen, dass diese dem Publikum gefiele.

Er zog nun eine lange, ungarische Zigarre aus der Innentasche seines Jacketts und paffte solange daran, bis sie in dampfender Regelmäßigkeit beißenden Gestank von sich gab.

Bellini musste husten und ging plötzlich ans Fenster, um es weit zu öffnen. Im erregten Disput konnte er nicht bemerkt haben, dass darunter eine dunkle Gestalt stand, die dem regen Treiben aufmerksam lauschte …

Sie trug Hut und Maske. Ihr Mantel war an den Ärmeln zerschlissen, etwas Kantiges musste sich in den Stoff gebohrt und ihn bis aufs Hemd aufgerissen haben. Notenblätter schimmerten durch den löchrigen Stoff – jene, die bei dem Einbruch in das Zimmer Bellinis entwendet worden waren. Notenblätter, mit denen etwas ganz Bestimmtes bezweckt werden sollte …

Unterdessen trat Zingarelli hinter Vincenzo ans Fenster und legte seine Hand auf Bellinis Schulter und murmelte besänftigend: „Die ‚Norma' ist freilich eine gute Oper. Du wirst sehen. Es ist nur – die lange Reise und … der Kriegerchor … – war das unbedingt nötig, Vincenzo …"

Francesco wurde das Gespräch zu langweilig.

Als Bibliothekar war er es zwar durchaus gewohnt, stundenlang mit dem öden Sortieren von Noten und Partituren zu verbringen, aber etwas Spröderes als musiktheoretische Gespräche konnte er sich beim besten Willen nicht vorstellen. Schon damals am Conservatorio hatte ihn der Unterricht seines Lehrers dermaßen in Müdigkeit versetzt … und gerade jetzt verspürte er wieder jene Ermattung, die er von der Tonsatzlehre her allzu gut kannte.

„Ehm, Entschuldigung …", begann Florimo, und dabei legte er den Kopf schief, „… der Genuss von Rotwein führt bei meiner Wenigkeit regelmäßig auf den Ort, welchen selbst Maestro Mozart für sich alleine aufzusuchen pflegte …"

Francesco unterbrach damit Zingarelli und Bellini, die in ihrem nunmehr gemäßigteren Gespräch gerade bei neuesten Terz-Sext-Beziehungen bei paraphrasierten Nebenkadenzen angekommen waren und sich in einer solchen Situation nicht gerne stören ließen. Beide machten simultan die gleiche Handbewegung, welche bedeutete, dass Francesco Florimo ihretwillen das Zimmer verlassen dürfe.

„Wenn ich mich nun untertänigst empfehlen dürfte", wand er sich sogleich geschickt aus dem Zimmer – und Lilly folgte ihm.

„Signore Francesco", versuchte sie, seiner allzu plötzlichen Notdurft auf die Schliche zu kommen, „ist Ihnen nicht wohl?"

„Oh, Signorina Liliane ...", beschwichtigte sie Florimo, „... es – es – ich bin geradezu gerührt, dass Sie sich um mich ... ehm ... sorgen", und dabei blickte er hektisch um sich, „aber seien Sie versichert, mir geht es bestens."

Um von seinem nervösen Gezappel abzulenken, schnappte er sich ein herumliegendes Blatt Papier und benutzte es als Fächer.

„... Mag sein, dass das harsche Klima Milanos nun seinen Tribut fordert."

Er blieb stehen, um übertrieben lang zu verschnaufen.

„Aber in meinem Alter ist dies wohl normal."

Verlegen lächelte er. Lilly hatte einen ganz anderen Verdacht und blieb dem Archivar dicht auf den Fersen.

Diebisch

Schon von weitem bemerkten Francesco und Lilly, dass es sich bei dem Menschenauflauf im Atrium des Teatro alla Scala um keine alltägliche Zusammenkunft handelte. Einige Statisten der ‚Norma' hatten zusammen mit ziviler Bevölkerung einen Pulk gebildet, aus dem nun geschwätzige Laute drangen. Es schien, als formierten sich die Leute um eine zentrale Figur, die jedoch aus der Ferne nicht auszumachen war. Augenscheinlich stand diese auf einer Erhöhung, denn ihr Kopf ragte weit über die der Anderen hinaus und obwohl die dunkle Maske und ein schwerer, schwarzer Hut die Person in der Mitte fast unter sich verschwinden ließen, meinte Francesco, ein ihm vertrautes Gesicht zu erkennen.

Eine Woge des Applauses empfing die beiden und Francesco Florimo befürchtete das Schlimmste.

„... und als seien wir das von Maestro Bellini nicht anders gewohnt, verarbeitet der große Meister nun auch in seiner neuesten Oper das widrige Spiel menschlicher Gefühle, die man ‚Liebe' nennt, zu sanftem Melodienbrei ..."[25]

Es bestand kein Zweifel.

Der Mann mit der Maske war: Gaetano Donizetti!

Florimo wusste nur zu gut, wozu Vincenzos Rivale in der Lage war, wenn es darum ging, das gemeine Opernvolk gegen Bellini aufzubringen. Früher schon hatten sich die beiden unedle Kämpfe geliefert, die meist damit endeten, dass Bellini in eine neue Stadt zog, um Schimpf und Schande hinter sich zu lassen. Donizetti war nun einmal ein Meister der Rhetorik, der es verstand, in blendender Sprache die billigste Häme zu provozieren – und sei es die der schlecht bezahlten Orchestermusiker. Auch heute hatte Donizetti die Lacher auf seiner Seite, und da das Mailänder Publikum Vincenzo Bellinis Kompositionen von Haus aus äußerst skeptisch gegenüberstand, war es ein Leichtes, hinterhältiges Spiel damit zu treiben.

„„Liebst eine andre du' – Felice Romani, was schreibst Du dem edlen Meister denn da für ein Libretto? Wurden Dir etwa geheime Nachtgedanken des holden Blonden zuteil?"

Ganz offensichtlich machte sich Donizetti auf Kosten von Bellinis ‚Norma' lustig, deren Libretto noch nicht einmal veröffentlicht worden war.

„„Sie trug ein weißes Brautgewand, Blumen im Lockenhaare', rezitierte er weiter den Text der Oper, „Felice, bist Du denn nicht darüber informiert, dass Maestrino Bellini reifere Damen bevorzugt – wenn möglich verheiratete, dann spart er sich nämlich die Anschaffung für das Brautkleid!"

Bei Donizettis Worten feixte die Versammlung und konnte sich so lange nicht beruhigen, bis Gaetano erneut anstimmte.

„… ‚laut scholl ein Lied der Minne – da schwanden meine Sinne, und mich durchströmt ein Hochgefühl' – Felice, musstest Du uns das antun, des Meisters innerste Äußerlichkeit zu Tage zu bringen? Ist es nicht genug des Frevels, seine Musik zu spielen?"

„Signore!", zischte Lilly Francesco zu, „Wir müssen doch … – – … dieser unmögliche Herr da oben, wer ist das eigentlich? Wir müssen doch etwas tun …"

„… Un momento, Signorina. Lento, lento. Der Herr, von dem Sie all die bösen Kommentare hören, ist nicht ganz ungefährlich! Gaetano Donizetti weiß, was er tut, und eine Interruption seines Redeschwalls will gut überlegt sein, um nicht gleich selbst als Büßer dazustehen. Signor Donizetti ist für seine geschmacklosen Äußerungen stadtbekannt."

Francescos Sätze wurden lauter. Mit seinen breiten Schultern bahnte er sich einen Weg durch die Menge.

„… Herr Donizetti weiß sehr wohl, dass er Weihnachten letzten Jahres wegen seiner diffamierenden Kommentare bezüglich Bellinis ‚I Capuleti ed i Montecchi'[26] zu einer Geldstrafe verurteilt wurde, die er heute noch in seinen Knochen spürt – nicht wahr, Gaetanino?"

Der Antiquar hatte sich bis zur dunklen Gestalt vorgekämpft und stand ihr nun gegenüber. Beherzt streckte er seine kräftigen Arme aus – und holte das Männchen von seinem Podest herunter.

„… und dass Herr Donizetti – verbessere mich bitte, wenn ich die Unwahrheit sage, Gaetano – deshalb so schwer an seinen Schulden trägt, weil seine ungenießbare Musik, die es nicht einmal regelmäßig bis in die Schülerkonzerte der Musikschule schafft, monatelang keinen müden Taler in den hungrigen Geldsack des bösen kleinen Compositeurs bringt …"

Die kräftigen Lacher waren verstummt und angespannt lauschte man nun dem, was Florimo in gut neapolitanischer Art vorzubringen hatte.

„Ich frage mich nur, wertes Publikum, wie Herr Donizetti, dessen eigene Opern wohl mehr als entbehrlich sind – und der selbst die Uraufführung der ‚Norma' *nicht* geprobt hat – so gut über das Libretto Bescheid weiß, als ob er es – –"

Francesco hielt inne.

„… so gut über das Libretto Bescheid weiß, dass sich in mir der Verdacht erhärtet, dass …" – und in einer kunstvollen Pause zog er mit beiden Händen das Revers seines Gehrocks straff nach unten – „… dass genau *er* es war, der vorhin durch das Fenster in Bellinis Garderobe eingestiegen ist, um die eben von ihm verlautbarten Zeilen zu *stehlen*!"

„*Aaaahhhh!*"

Ein Raunen ging durch die Menge.

Belustigung wich tiefem Entsetzen und schon steckten die Ersten bestürzt und unter lautstarken „Pfui!"-Rufen die Köpfe zusammen. Verachtende Bemerkungen über Donizetti machten die Runde und Francesco wurde als Held gefeiert.

Süße Verlockung

„Dass es so etwas noch gibt!", ließ sich eine auffallend gut gekleidete Dame zu einem Kommentar hinreißen und reichte Florimo die blütenweiße Hand.

„Ich hatte nicht gedacht, gerade in Mailand auf so viel Loyalität zu stoßen, Signore – ?"

„Florimo, Francesco Florimo ist mein Name."

Francesco erteilte einen ungeschickten Handkuss. Seine Hände mussten stark schwitzen, denn an der Stelle seines Hemdes, die er soeben berührt hatte, hatte sich ein dunkler Fleck gebildet, der seine feuchte Nervosität verriet.

Die Signora, deren reine, ebenmäßige Haut auf eine noble Herkunft schließen ließ, mochte Ende zwanzig sein. Ihre brünetten Haare waren an den Spitzen stark gewellt und auf Höhe der Augenbrauen nach oben gesteckt. Von dort aus kringelten sie sich hinunter und reichten bis zur sanft bepuderten Nase sowie den kleinen, roten Lippchen, welche dem Gesicht Kontur verliehen.

„Und Sie, Mademoiselle – ?", ließ die Dame mit einem aufgesetzten Lächeln um ihren harten Mund eine zynische Person erkennen.

„Li – Liliane. Liliane Moser."

„Mademoiselle – eh – Liliane ..."

Die Dame schützte Schwierigkeiten vor, den genannten Namen auszusprechen und wandte sich gelangweilt ihrer Kammerzofe zu, einem jungen Mädchen in Lillys Alter. „Ach ...", winkte die Gelockte alsbald nonchalant ab, „... verzeihen Sie bitte, dass ich mich Ihnen noch nicht ..."

Francesco war die momentane Situation offensichtlich mehr als unangenehm, denn die Röte seines Gesichtes nahm von Sekunde zu Sekunde zu.

„Mein Name ist ... Giuditta Turina."

Sie reckte ihr Kinn in die Höhe, streckte die flach geschnürte Brust heraus und wedelte sich trotz der kalten Jahreszeit mit ihrem kostbaren Ventaglio[27] eifrig Luft zu.

„Hocherfreut, Ihre Bekanntschaft zu machen", fuhr sie an Lilly und Francesco gewandt fort. „Leider wird es in Mailand immer schwieriger, reizende Mitbürger wie Sie anzutreffen ... Mir scheint, als wäre alle Welt bereits nach Firenze abgereist – – Gott weiß, warum ..."

Mit gespieltem Lächeln versuchte sie, nicht nur Lilly und Francesco, sondern auch die umstehenden Personen für sich einzunehmen und übersah dabei Lillys wissenden Blick.

„Francesco! Francesco!", unterbrach schlagartig eine helle Männerstimme die gekünstelte Begrüßungszeremonie.

„Felice! Was treibst Du Dich denn zu dieser Zeit in der Scala herum?"

„Francesco! Francesco! Ich brauche Deine Hilfe ..."

Mit eiligem Schritt kam ein eigentümlich gestauchter Mann auf die kleine Gruppe zu. „Gnädigste, Gnädige ...", wandte er sich kurz an Francescos Konversationspartnerinnen, um danach sogleich die gesamte Aufmerksamkeit auf sich zu ziehen.

Librettist Felice Romani war um einiges älter als der große, gut aussehende Freund Bellinis. Die von Schweiß durchnässten Haare fielen ihm wirr ins Gesicht. Das heißt, nur dort, wo noch Haare waren, denn eine fortschreitende Glatze hatte bereits umfangreichen Kahlschlag betrieben, und nicht einmal sein wuchtiger Backenbart konnte über diesen Umstand hinwegtäuschen.

Romani war ein Mann der Tat – wenn er denn etwas tat.

Sein gewöhnliches Tun bestand im Verfassen von Opernlibretti – und seine nächtlichen Überstunden bestritt er damit, Entschuldigungen für die von ihm verfassten Textbücher zu schreiben. Sei es, weil ihm die Zeit wieder einmal nicht ausreichte, die literarische Originalvorlage schlecht war oder der Komponist Unmögliches von ihm verlangte. Das Umgestalten von kompletten Passagen etwa, welche für die Sängerinnen und Sänger sonst nicht oder nur schlecht singbar gewesen wären.

Wie dem auch sei, Romani fühlte sich zumeist unfair behandelt. Vom Publikum, weil es seine Verse, die in der Musik untergingen, akustisch nicht wahrnehmen konnte; von den Sängern, weil sie regelmäßig um Modifikationen bei ihm ansuchten und unausstehbar wurden, wenn er ihre Wünsche übergehen wollte; von den Impresarii, weil sie kein Geld für lästige Librettisten ausgeben mochten; und – alla fine – von den Komponisten, weil sie ihn schon dann einer verspäteten Lieferung beschuldigten, bevor überhaupt noch das Sujet der Oper ausgewählt war.

Es fiel Felice Romani sichtbar schwer, nicht immer und überall gleich in Tränen auszubrechen und den Leuten von seinem schweren Los zu erzählen, denn gewöhnlich bestanden seine wenigen Sternstunden darin, einmal keine Kritik einstecken zu müssen. Bei der Zusammenarbeit mit Vincenzo Bellini war ihm dieser glückliche Umstand freilich noch nie untergekommen. Immer hatte es Probleme gegeben und dies sollte auch bei der ‚Norma' so sein.

Die ‚Norma'! – Romani hatte sich von Anfang an gegen den schwülstigen Stoff des Originals gewehrt, letztlich aber den Kürzeren gezogen.

„Felice, und wenn es das letzte Libretto ist, das Du schreibst …", hatte Vincenzo zu ihm vor ein paar Monaten noch gesagt und ihn damit so sehr unter Druck gesetzt, dass er abermals zur Feder griff. Tag und Nacht versuchte er, der herrischen Norma Gestalt einzuhauchen – doch als hätte er es geahnt, war es ihm auch diesmal nicht annähernd gelungen, einen für ihn überzeugenden Text zu verfassen. Allein der Gedanke, Bellinis Sänger könnten sich wieder über entscheidende Liedzeilen mokieren – allein der Gedanke an die Pasta, die nicht mal fähig war, zwischen zwei Phrasen zu atmen, brachte ihn an den Rand der Verzweiflung! Und dann Domenico Donzelli – was für einen Pollione sollte der abgeben? Domenico, der es nicht einmal im Privatleben fertigbrachte, ein Kind großzuziehen – wie sollte gerade er dem Opernpublikum glaubhaft suggerieren, stolzer Vater von ganzen zwei lebhaften Kindern zu sein? Kein Wunder, dass er sich in der Oper eine Andere nahm, um dem Chaos zu entkommen…

Wie so oft war der Dichter wieder einmal auf bestem Wege, Wirklichkeit und Fiktion über einen Kamm zu scheren. Er tat dies häufig und intensiv. Auch war er dafür bekannt, die Sänger, wenn sie das Teatro längst verlassen hatten, mit ihren Bühnennamen anzusprechen und für ihr Verhalten im Operngeschehen verantwortlich zu machen. Erst heute, in der Generalprobe der ‚Norma', hatte es wieder heftige Auseinandersetzungen gegeben. Nicht zuletzt, weil Felice Giulia Grisi vorwarf, eine Schlampe zu sein, die mit verheirateten Männern ‚rummache'.

„Giulia, Du Täubchen", begann Romani in einer kurzen Stellprobe, „was denkst Du Dir eigentlich dabei, Pollione zu umarmen – und ihn zu küssen? Glaubst Du nicht, es wäre angebracht, Deine lausigen Finger von einem ehrenwerten gentiluomo zu lassen und ..."

Bellini unterbrach ihn lautstark und forderte ihn mit Nachdruck dazu auf, endlich die Bühne zu verlassen, um den Schlussteil der Oper zu überarbeiten.

„Felice! Wann lernst Du endlich, was es heißt, eine Rolle zu *spielen?* Signorina Grisi *spielt* die Adalgisa ja nur, verstehst Du Grappahirn das nicht? Sie ist in Wirklichkeit Signorina Grisi – G – r – i – s – i !"

Die Grisi, gerade einmal zwanzig Lenze alt, wusste nicht, wie sie mit der Beschuldigung Felice Romanis umgehen sollte und brach augenblicklich in Tränen aus. Es bedurfte der mitleidvollen Tröstung des gesamten Opernchores, um sie wieder in eine bühnengemäße Stimmung zu versetzen, und böse Blicke fielen auf Romani, der natürlich nicht bemerkte, was er soeben angerichtet hatte.

Für Bellini, der ohnedies schon unter starkem nervlichen Druck stand, bedeutete der Auftritt seines Librettisten eine zusätzliche Belastung.

„Felice!", brüllte er ihn erneut an, sodass selbst die Grisi vor Schreck ihr Schluchzen vergaß, „... wenn Du nicht augenblicklich von hier verschwindest, um endlich den Schluss der heutigen Premierenoper fertigzuschreiben, werde ich persönlich – werde ich, Vincenzo Bellini, und alle Anwesenden seien meine Zeugen ..."

Bellini musste Luft holen, um die Lautstärke seiner Drohung aufrechterhalten zu können.

„... werde ich heute noch, und das schwöre ich Dir vor Gott und der heiligen römisch-katholischen Kirche ... werde ich, Vincenzo Bellini, zum Bürgermeister von Mailand gehen und dafür sorgen, dass Du diese Stadt stante pede zu verlassen hast, weil Du ihrer nicht würdig bist!"

Romani hatte verstanden.

Wie eine Maus schlich er davon, begleitet von lauten Schimpftiraden der Chorsänger und Orchestermusiker.

Lilly hingegen traf im Atrium der Scala zusammen mit Francesco und Giuditta Turina auf Gaetano Donizetti, der sich gerade hochoffiziell empfehlen wollte.

„Gaetano ...", setzte Francesco in schnippischer Manier an, als Donizetti vor ihm den Hut zog, „... wärest Du bitte noch so freundlich, Vincenzo die gestohlenen Notenblätter zurückzugeben? Er sucht sie sicher schon und bedauert es immer sehr, Abschriften anfertigen zu müssen."

Und ebenso zynisch fuhr er fort: „Ich könnte es ja durchaus verstehen, dass Du als gelernter Bratschist für Frau und zwei Kinder finanzielle Aufwendungen zu tragen hast, die sich unsereins gar nicht vorstellen mag, und dass Dir nach Deiner melodischen Dutzendware keine lukrativen Ideen mehr kommen, ist auch nicht verwunderlich ... aber glaubst Du wirklich, Du hättest Deinen Musikern erklären können, wie die subtile Musik des großen Bellini zu interpretieren ist und wie sie Noten jenseits der ersten Hilfslinie zu intonieren haben?"

All jene, die Florimos Worte zufällig mitangehört hatten, mussten lauthals lachen.

„Ich bitte Sie, Signorina ...", wandte sich Donizetti deshalb kleinlaut an Lilly, „... wenn Sie so freundlich wären und Maestro Bellini ..."

Sein reuevoller Blick sagte mehr als tausend Worte.

„Sie wissen gar nicht, welch großen Gefallen Sie mir damit erweisen! Gott schütze Sie." Er gab Lilly die zusammengerollten Blätter.

Was sollte sie damit machen? Etwa an Bellinis Tür klopfen? Ein junges Mädchen, das Einlass begehrte, um fleckige Noten zurückzugeben ...

„Francesco", fuhr Felice Romani indes mit seiner Bitte an Florimo fort, „würdest Du mir heute ausnahmsweise unter die Arme greifen?"

Der Librettist war wie immer im Stress.

Zudem hatte sein nachmittäglicher Ausflug deutliche Spuren hinterlassen und er sah noch abgespannter aus als sonst, wenn ihm einzig seine Familie und lästige Komponisten das Leben versauerten.

„Francesco, Du hast gewiss etwas gut bei mir ...", begann er von Neuem, „... wenn Du ..."

Felice Romani kramte in einem mitgebrachten Stoffsäckchen und fingerte ebenfalls eine Papierrolle hervor.

„... wenn Du dies hier Vincenzo überreichst. Er ist – ehm – es ist ... – – – ... es ist nur – mein Jüngster liegt mit Fieber im Bett ...", fand er endlich eine Ausrede, „... und meiner Frau geht es auch nicht so gut und – ich muss jetzt dringend wieder nach Hause, um die Entschuldigung zu schreiben und – und – kann leider ... also bitte gib ihm das, in Ordnung?"

Kurzerhand war Romani das kleine Päckchen losgeworden und sein Stoffsäckchen, in dem sich noch ein angebissener Apfel befand, gleich mit.

„... Du weißt doch, die Entschuldigung für das Libretto. Es ist nicht gut und ich bestehe darauf, dass ... dass das Publikum vor Vorstellungsbeginn darüber in Kenntnis gesetzt wird."

In der Schwingtür stehend fügte er schließlich hinzu: „Keine Angst, ich komme wieder, ich – pünktlich zum Vorstellungsbeginn bin ich wieder da ... per scusarmi ..."

Francesco schüttelte den Kopf und besah sich das Stoffsäckchen etwas genauer.

Neben dem angebissenen Apfel, der schon faulig roch, fand sich ein kleines, verschmiertes Zettelchen.

„Li – Liebes Auditorium ...", versuchte Florimo das verknitterte Papier zu entziffern, „... verehrter Compositeur. Ich halte – ich habe es nicht allein zu – zu verantworten, dass die hei... heutige Opera ein kompletter Mift – Mist – Misserfolg zu werden verspricht ..."

Romani hatte seine Apologie, die er am Abend vor der Uraufführung der ‚Norma' in Anwesenheit aller wichtigen Persönlichkeiten vorzutragen gedachte, also bereits skizziert.

Nichtsdestotrotz interessierte sich Francesco herzlich wenig für das bereits Vorgefallene und die kommende Premiere – jetzt, wo sich Giuditta Turina in nächster Nähe befand und geradezu darauf wartete, von ihm gepflückt zu werden. Francesco brauchte nur die Hand aufzuhalten und ... Giuditta, Giuditta ... er ärgerte sich bei dem Gedanken, die Chance seines Lebens wegen dieses Geschreibsels zu verpassen.

„Aua, Sophie! So pass doch auf. Jedesmal tust Du mir weh ... Du sollst mir die Nadeln nicht gleich durch die Kopfhaut bohren, sondern lediglich meine Frisur fixieren ... Ich schick Dich wieder zurück nach Bergamo, du ungelehriges Wesen ...", fuhr Giuditta ihre Zofe, die der Gruppe unauffällig gefolgt war, harsch an.

„Verzeihung, gnädige Frau ...", erwiderte das Mädchen, „... es kommt gewiss nicht wieder vor ..."

Lilly zwinkerte dem jungen Mädchen verschwörerisch zu. Die Turina war heute besonders schlecht aufgelegt.

Sie musste schon seit Längerem geahnt haben, dass ihre Beziehung zu Vincenzo Bellini in die Brüche gehen würde. Obgleich sie sich in der Öffentlichkeit große Mühe gab, den berühmten Mann an ihrer Seite als ihren Liebhaber zu präsentieren, spielte Bellini seine Rolle schlecht. Er spürte das, was er für Giuditta empfand, aus tiefstem Herzen und es war ihm unmöglich, eine opernreife Szene daraus zu machen, die – ging es nach den Wünschen der Turina – möglichst nicht nur ihren Ehemann diffamieren sollte. Die Turina wollte mehr. Sie wollte die Macht – über Bellini, über Mailand, über Italiens Kultur.

So weit es ging, versuchte sie Einfluss auf die Kompositionen ihres Geliebten zu nehmen, aber in letzter Zeit war ihr Vincenzo nicht mehr gefolgt. Er war reifer geworden, zudem zwang ihn seine angeschlagene Gesundheit dazu, etwas kürzer zu treten. Natürlich wirkte sich dies auch auf sein Privatleben und die Zusammenkünfte mit Giuditta aus. Wenn sie sich sahen, wollte Bellini in erster Linie reden – über die Oper, über seine Probleme mit dem ewigen Kontrahenten Donizetti, über die Schwierigkeit, Impresario Barbaja davon zu überzeugen, dass gerade er, Vincenzo Bellini, die Nachfolge Rossinis verdient hatte und die Befähigung besaß, das Teatro alla Scala zu seinem Teatro zu machen ...

Giuditta kümmerte dies alles nicht wirklich.

Sie war eine impulsive Frau und suchte einen Mann, der sie zufriedenstellte. Was sie zu Hause nicht bekam, holte sie sich auswärts, und so war es auch geschehen, dass sie einst dies leidenschaftliche Verhältnis mit Bellini eingegangen war. Damals, vor etlichen Jahren, war es ihr recht gewesen, dass der Sizilianer keine feste Bindung wünschte und ihrer beider Treffen heimlich abliefen. Jetzt aber, wo Bellini zu einem echten Star avanciert war, mit dem man sich gut zeigen konnte – jetzt war es an der Zeit gewesen, der Welt zu beweisen, dass sie es geschafft hatte, ihn endgültig für sich zu gewinnen.

Doch auch dieses Vorhaben gehörte bereits wieder der Vergangenheit an. Giuditta Turina schmiedete einen neuen, perfiden Plan – einen, der Bellini ins Verderben stürzen und ihn aus Mailand entfernen sollte ...

Sie war es leid, ihn um sich zu haben und dachte daran, Donizetti zu ihrem neuen Gespielen zu machen. Francesco, Vincenzos bester und engster Freund, war für die Umsetzung ihres gemeinen Vorhabens bestens geeignet.

„Lass das!", fuhr sie die junge Sophie an, als dem Mädchen abermals ein Missgeschick passierte, „Du bist einfach zu dumm ..."

Flüsternd stellte Lilly sich bei Sophie vor und legte schützend ihre Hand auf den Unterarm der mittlerweile mit gesenktem Kopf dastehenden Zofe.

„Nun, Signora Turina ...", versuchte Francesco, die Situation zu entspannen, „... dürfte ich mich anbieten, Ihnen etwas Ablenkung von der lästigen Pflicht zu verschaffen? Sie sind gewiss müde und ..."

Er hielt kurz inne, um Sophie die Papierrolle entgegenzustrecken.

„... ich bin mir sicher, dass Ihnen ein Tässchen Cappuccino gut täte. Außerdem könnte doch Signorina Sophie Maestro Bellini dies hier überreichen – nicht wahr, Sophie?"

Die Zofe knickste anständig und nahm das Libretto entgegen. Dabei leuchteten ihre Augen, wohl in der Vorfreude, dem Zugriff der Turina wenigstens für einige Zeit zu entgehen.

„Wie wäre es ...", wandte sich der gewiefte Florimo den Mädchen zu, „... wenn ihr beiden Hübschen bei meinem Freund vorbeischautet und ihm einen herzlichen Gruß von mir bestelltet? Die Anwesenheit zweier reizender junger Damen dürfte ihn gewiss mehr entzücken als meine Wenigkeit ..."

„Ich fände das ebenfalls eine glänzende Idee!", schloss sich die Turina Francescos Vorschlag prompt an. Sie tat dies jedoch so plump, dass die ganze Scala merken musste, wie sehr sie darauf gierte, endlich mit dem großen, gutgebauten Neapolitaner allein zu sein.

Mit leuchtenden Augen blickte sie in die Runde und einige Locken ihrer braunen Mähne fingen wild an zu tanzen, als sie bekräftigend mit dem Köpfchen wackelte. Die großen, schweren Ohrgehänge baumelten, dass es einem schwindelig werden konnte, und die schwarzen Tahitiperlen um ihren Hals würgten sie fast, als sie sich brüstete wie eine Henne und zu diesem Zweck den Kropf weit blähte.

„Nun ...", nahm Francesco Lilly und Sophie die Antwort ab, „... dann wollen wir nicht länger zaudern und. .. husch, husch, husch – Maestro Bellini wartet sicher schon sehnlichst auf die redigierte Fassung. Wie ich ihn kenne, wird er kurz vor der Premiere wieder ein paar Arien umschreiben wollen ..." Beim Gedanken daran kicherte er und hielt sich schnell die Hand vor den Mund, um nicht allzu verräterisch zu wirken. „Jedenfalls wäre es von Vorteil, ihm wenigstens rechtzeitig mitzuteilen, dass er für die neuen Arien der ,Norma' auch den neuen Text verwenden möge ..."

Er konnte nicht mehr an sich halten und lachte aus vollem Halse.

Giuditta fiel mit ein, doch ihr Lachen klang nicht vertraut.

Ihr Lachen hatte einen hämischen Ton.

Einen Ton, der Unheil bedeutete.

Così fa l'impresario

Lilly zog Sophie mit sich. Hinter einer großen Blumengirlande, deren schwungvoller Treppenaufgang in die nächste Etage führte, hielten die beiden Mädchen inne.

„ Ich bin übrigens Lilly", wisperte sie.

„Lilly, ich bin so froh ...", setzte Sophie gerade an, als schwere, polternde Schritte wie ein Gewitter herangerollten. Es waren schlurfende Schritte, die einen monströsen, alten Körper trugen. Einen Körper, der viel erlebt hatte und nicht mehr darauf achtete, wie er sich über die Flure wälzte. Einen Körper, der hier zu Hause war und sogar im Teatro alla Scala Pantoffeln trug.

Als wären sie auf der Flucht, kauerten sich die ängstlichen Mädchen eilig hinter der Marmorstiege zusammen.

„Herrje ...", seufzte die nahende Gestalt, „... warum muss das immer mir passieren?" Die Schritte verstummten. Direkt vor ihnen. Lilly lugte hervor und erkannte Domenico Barbaja, der nun damit begann, am barocken Gesims seine staubig-miefigen Pantoffeln auszuklopfen. Er, der Impresario der Scala, hatte sich offensichtlich kurz zuvor eines wichtigen Geschäftes entledigt und war nun auf dem Weg zurück in sein Arbeitszimmer, welches im ersten Stock des Opernhauses situiert war. Ein leichter Gichtanfall machte ihm seit letzter Woche zu schaffen – verständlich also, dass er sich selbst den elegant gekleideten Besuchern seines Teatros im bequemen Schuhwerk zeigte.

Impresario Barbaja war von kräftiger Statur. Er hasste die fleischlose Küche und obwohl er wusste, dass seine fortschreitende Arthritis durch den vielen Wein und die fettigen Steaks, welche regelmäßig auf seinem Speiseplan standen, nur schlechter würde, wollte er auf keines von beidem verzichten. Im Gegenteil.

Um sich über die schubartig wiederkehrenden Schmerzen in seinen Gelenken hinwegzutrösten, hielt er den verantwortlichen Koch des kleinen Restaurants dazu an, ihn regelmäßig mit dem besten und schönsten Fleisch zu versorgen, das sich in Mailand finden ließ. Bereits am Morgen frühstückte er in traditionell englischer Art Eier mit Speck, um gegen elf Uhr eine kleine Jause in Form einer deftigen Prosciutto-Platte zu sich zu nehmen. Natürlich durfte ein herzhafter Chianti dazu nicht fehlen, und so füllte allein die Beschäftigung mit dem Essen die erste Hälfte seines arbeitsintensiven Tages zur Gänze aus.

Vom vielen Schlemmen müde geworden, war Domenico Barbaja gewohnt, gegen Mittag ein kurzes Verdauungsschläfchen zu halten, das in der Regel bis drei Uhr dauerte. Da er wusste, wie unangenehm es war, abrupt die Tiefen herrlicher Träume verlassen zu müssen, hatte es sich Impresario Barbaja angewöhnt, beim Schlafen Türen und Fenster fest verschlossen zu halten, um ja nicht durch Rufe oder störende Geräusche von außen geweckt zu werden. Am meisten ärgerte ihn, wenn ihm lästige Musik den ach so wohlverdienten Schlaf raubte.

Des Öfteren schon wurde auf sein Geheiß hin über die Übungsräume der Scala ein allgemeines Probenverbot verhängt, das bis in den späten Nachmittag hin unbedingt einzuhalten war. Wer dagegen verstieß, sah sich mit seiner unmittelbaren Kündigung konfrontiert und hatte aufgrund des Einflussreichtums Barbajas auch keine realistische Chance mehr, an einem der vielen kleineren Opernhäuser Mailands und ganz Italiens eine Stelle zu erhaschen. Die Musiker hüteten sich also, den Direktor gegen sich aufzubringen.

Unglücklicherweise sagte man der Scala nach, dass mit der Ära des großen Dicken auch eine Ära der schlechten Musik über das Teatro gekommen war – kein Wunder, denn niemand wollte üben, wenn er dafür von oberster Stelle auch noch belangt werden konnte.

Speziell die Bratschisten machten sich diesen Umstand zunutze. So verbrachten sie ihre Dienststunden recht gerne bei einem hochprozentigen Amaretto im lauschigen Garten des Opernhauses, anstatt heikle Passagen zu üben. Was hatten sie schon zu verlieren, war ihnen ihr Ruf doch weit über die Grenzen Mailands hinausgeeilt und verriet ganz Italien, dass es am Teatro alla Scala häufiger peinliche Zwischenfälle im Viola-Bereich zu hören gab. Besonders böse Zuschauer führten Trillerpfeifen mit sich, die sie beim Hereinschreiten der Bratschisten regelmäßig zum Einsatz brachten. Seit ein paar Monaten galt zwar ein striktes Trillerpfeifenverbot – aber wer konnte die kleinen Quälgeister schon ausmachen, wenn sie sich in tiefen Manteltaschen verborgen hielten ...

Barbaja, der neben seinen Tätigkeiten an der Scala noch für drei weitere Opernhäuser in Neapel zuständig war, stand unter dem dauernden Druck, neue Werke heranschaffen zu müssen. Dieser Stress, der ihm schon dann das Leben zur Hölle machen konnte, wenn beispielsweise wieder einmal eine zweifelhafte Inszenierung auf dem Programm stand, brachte ihn teilweise in so große Bedrängnis, dass er in seinen jeweiligen Arbeitszimmern übernachten musste, um alle Musiker und Sänger, die er engagierte, wenigstens einmal persönlich kennengelernt zu haben.

So hatte er auch die vergangene Nacht in der Scala zugebracht und wischte sich erst jetzt den Schlaf aus den Augen. Er wurde von unruhigen Träumen heimgesucht, die wohl mit der heutigen Uraufführung der ‚Norma' zusammenhingen. Obgleich er sich des Nachmittags wie üblich drei Stunden zur Ruhe begeben hatte, war ihm zumute, als sei er in der Zwischenzeit einige Male gerädert worden. Sein Ischias meldete sich bei dem Gedanken, Felice Romani würde das Auditorium wieder mit einer seiner Entschuldigungen langweilen, prompt zu Wort und nicht zuletzt deshalb schlurfte er jetzt so sehr, dass es ihn selber schon zu stören begann.

„Merde ... zum Henker damit ... – – und das gerade jetzt!"

Die Nachmittagsschokolade[28], welche er üblicherweise nach dem Aufwachen zu sich zu nehmen pflegte, musste er heute ausfallen lassen, und der Energieschub, den er für gewöhnlich aus den mindestens drei Stück Kandiszucker und dem obligatorischen Batzen Schlagobers bezog, fehlte ihm nun. Als erstes spürte er seinen Schädel, der ihn schmerzte – und hätte ihn nicht sein zwickender und beißender Ischiasnerv daran gehindert, er wäre längst zugrunde gegangen. Wenn nicht früher schon, dann zumindest heute! An diesem gottverdammt klammfeuchten 26. Dezember, der kälter für einen echten Italiener nicht hätte sein können.

„Was musste ich auch Opernimpresario werden, ich ... – verfluchte Migräne ...!"

Er schnaubte.

„... Und Donizetti ... cazzo – Ich mag gar nicht an ihn denken ... Jeder hat jede Donizetti-Oper schon siebentausend Mal gehört und ist gelangweilt von der blöden alten Sissy, die sich auf der Bühne zu Tode hustet. Ich jedenfalls will weder Donizetti noch Bellini jemals wieder hören ... al diavolo ... wo bleibt Gaetano bloß mit den Noten ..."

Barbaja krallte seine Hand um das Treppengeländer und wankte unter Schmerzen und lauten Flüchen Schritt für Schritt seinem Zimmer entgegen. Dabei polterte es, als würde die Treppe jeden Moment zusammenstürzen.

„Sophie", stupste Lilly die neugewonnene Freundin an, als der Impresario außer Hörweite war, „die Noten, die Noten ..."

Lilly deutete mit dem Zeigefinger nach oben.

„... die Noten ... Donizetti ... er hat ... er hat gesagt ..."

Vor Aufregung verschluckte sie sich.

„Welche Noten denn?", fragte Sophie mit kürbisgroß aufgerissenen Augen neugierig in Lillys Richtung.

„Na, na die Noten eben ... die dieser Dozzi ... Donizetti – sie sollen doch für Bellini sein ..."

Sie zeigte Sophie das Bündel.

„Donizetti? Was hast Du mit Donizetti am Hut? Donizetti ...", stammelte die Kleine und klopfte aufgeregt mit dem Finger darauf, „... Donizetti ist – Du musst wissen, ich kenne Gaetano schon seit langem. Er ist aus meiner Stadt ... und – weißt Du, sehr arme Verhältnisse ... hat sich die Karriere hart erarbeiten müssen. So hart, dass er jetzt einfach alles tut, um ganz nach oben zu kommen ..."

„Was meinst Du denn damit?", entgegnete Lilly.

„Nun, ich kann auch nur sagen, was mir meine Mutter erzählt hat – aber ..."

„Los, sag' schon. Was ist mit ihm?"

„Psst! Nicht so laut!"

Sophie blickte sich um.

Und dann begann sie, Lilly von ihrer Herkunft zu erzählen. Und den Umständen, die sie nach Mailand geführt hatten. Und von ...

„Donizetti kommt aus einer Familie, von der man in Bergamo sagt, dass sie der Wahnsinn beherrsche. Eine erbliche Sache, und – ich bin mir sicher – früher oder später wird Gaetano auch davon heimgesucht werden ..."

Mit einer Papierserviette trocknete Sophie den Schweiß auf ihrer Stirn.

„... Er wurde in Gesang ausgebildet und hatte, glaub' ich, zusätzlich noch ein paar Cembalo – – nein, Bratschenstunden, bevor er dann recht jung damit anfing, Opern, Opern und nichts als Opern zu schreiben. Incredibile, glaub' mir, er schreibt mindestens vier Opern pro Jahr ...“

„Ja, aber was hat er denn dann hier verloren, wenn er eigentlich aus Bergamo stammt?“, hakte Lilly nach.

„Nun ...“, setzte Sophie fort, „... Barbaja, er war es, der Donizetti zunächst nach Napoli geholt hat und ihm dort einen guten Vertrag gab. Bis letztes Jahr hat Gaetano für den Impresario innerhalb weniger Monate zwölf Opern komponiert – kannst Du Dir das vorstellen? *Zwölf* Opern! Ohne Donizetti ist Barbaja ein Nichts – ohne ihn könnte er seine drei Opernhäuser in Napoli glatt zusperren ... Es gibt keinen, der so viel komponiert wie Gaetano Donizetti. Keinen. Außer ...“

Sie überlegte kurz.

„... außer ... – ich meine, natürlich ist Bellini auch nicht schlecht, und – wenn man ehrlich ist – in der Regel wesentlich beliebter bei den Italienerinnen als Donizetti. Bellini schaut einfach besser aus, findest Du nicht?“

Sie musste kichern.

„Könnte es dann sein, dass gegen Bellini wirklich diese Intrigen laufen, von denen er die ganze Zeit spricht?“, setzte Lilly Sophies Gedanken fort. Sophie schüttelte nachdenklich den Kopf.

„Nein, daran glaube ich eigentlich nicht. Giuditta sagt immer, dass Vincenzo übertreibt – in allem, was er tut ... und dass ...“

„Was genau hat Dir Giuditta über Bellini erzählt?“

„... nun, natürlich weiß ich auch hier nicht viel, aber als Giuditta diesen Sommer nach Bergamo kam, um eine Haushaltshilfe zu suchen, die noch dazu Donizetti gut kennen sollte – – Mein erster Gedanke war natürlich: Warum war es wichtig, dass jemand den Gaetano gut kennt? Aber egal, ich hatte Lust, aus dem Hügeldorf wegzukommen und – nun bin ich hier ...“

„Ist die Turina gut zu Dir?“

Sophie verneinte.

Ein klirrendes Geräusch unterbrach die beiden: Barbaja betrat sein Zimmer. Dabei stolperte er über die Türschwelle und eine Tasse mit heißem Kakao fiel auf den Boden. Wüstes Schimpfen hallte über die weiten Gänge. Er musste sich die Hand verbrüht haben, denn eiligen Schrittes kam er die Treppe wieder hinuntergehumpelt.

„Verflixt nochmal, verdammt und zugenäht ... porca miseria[29] ... Hol' ihn der Teufel, diesen verfluchten Koch – was serviert er mir eine Barbajata, in der ich mein Frühstücksei kochen kann? Faccia di culo[30] ...“ Vorbei an den Mädchen stieß er weiter vorne die Tür zum öffentlichen Waschraum auf.

„Sophie!“

Lilly war nervös.

„Gibt es eine Möglichkeit, sich in Barbajas Zimmer zu verstecken?“

„Du bist verrückt!“, entfuhr es Sophie – und trotzdem konnte nichts und niemand die beiden mehr aufhalten. Wenig später kauerten sie wieder nebeneinander. Doch diesmal war es nicht der Treppenabsatz, der ihnen Schutz gewährte, es war die Chaiselongue[31] des Impresario, deren breiter Stoffüberwurf bis auf den Boden hinabreichte und alles verdeckte, was sich unter ihm befand ...

Konspirativ

Als Barbaja nach über einer Viertelstunde noch immer nicht zurückgekehrt war, vermuteten Lilly und Sophie schon das Schlimmste.

„... Lilly, ich habe Angst ...", kauerte sich die kleine Bergamaskin ganz eng an Lilly.

„... Psst, Sophie ... sonst ..."

Lilly legte den Finger auf die Lippen.

Nicht weit von ihnen hatte es geknirscht. So, als ob jemand mit einem Bein auf dem Boden stünde und leicht hin- und herschwankte. So, als ob sich in den Ritzen des Parkettbodens kleine Sandkörnchen befänden, die jetzt aneinander rieben.

„... Lilly, lass uns von hier verschwinden, bitte ..."

Zu spät – ein neuerliches Knirschen ließ sie aufhorchen und unmittelbar verstummen. Denn diesmal war es Domenico Barbaja, der schlurfenden Schrittes zurück in sein Zimmer kam und sich die Zehen abermals am Türrahmen anschlug.

„Autsch, schon wieder! Das gibt's doch gar nicht ... maledetto[32] ..."

Bereits als er die Treppe emporwalzte, konnte man im gesamten linken Flügel der Scala vernehmen, dass es ihm diesmal noch schwerer fiel als vorher, die 47 Stufen in den ersten Stock zurückzulegen. Grund hierfür waren unter anderem seine übergroßen Pantoffeln, welche nun eine nahezu unüberwindliche Hürde darstellten, wenn es galt, die klobigen Füße um ein paar lächerliche Zentimeterchen zu heben. Alles in allem war Domenico Barbaja mehr als erleichtert, endlich wieder in seinem schummrigen Kabinett zu sein.

Nichts deutete darauf hin, dass ihm irgendein Verdacht gekommen wäre, denn er begann ganz ungeniert, sich seines weißen Hemdes zu entledigen, nachdem er die mitgebrachte Wasserschüssel auf einer biedermeierlichen Kommode abgestellt hatte. Auf das polierte, dunkel glänzende Kirschbaumfurnier des Möbels sabberten übergroße Wassertropfen.

„Sacra!"

Impresario Barbaja war beim Entkleiden an der Stelle angekommen, die er sich vorhin verbrüht hatte. Und da er ein relativ feiger Impresario war, der zwar gerne mit den Musikern einen Streit anzettelte, in Belangen, die seine Person betrafen, allerdings zumeist äußerst empfindlich reagierte, fluchte er auch diesmal übertrieben laut vor sich hin. Er hatte nun das Hemd abgestreift und begann damit, seinen gesamten, kräftigen Oberkörper freizulegen. Unter den salzigen Achseln wucherten buschige Haare, die wohl noch nie besonders gepflegt worden waren und der Geruch von Schweiß drang bis unter die Couch.

Barbaja stand inzwischen mit dem Rücken zu den beiden Mädchen.

„... Hm ... benissimo[33] ..."

Offensichtlich zufrieden mit dem, was er vorfand, dachte er nicht im Geringsten daran, kurz einen feuchten Lappen anzusetzen, um die verkrusteten Schichten aufzulösen.

Im Gegenteil.

Genügsam setzte er langsam damit fort, sich aus dem verstaubten Gewand zu schälen. Langsam glitt die schwarze Überhose Richtung Boden, verharrte jedoch auf seinen Hüften und ließ sich, koste es, was es wolle, nicht weiterbewegen.

„Merde!"[34], blitzte unter dem schwarzen Beinkleid bereits dreckig-gräuliche Baumwolle hervor, „... merde, merde, merde ..."

Impresario Barbaja war ein gebildeter Mann, der mit dem Pariser Opernhaus fruchtbarste Kontakte pflegte, und so entfuhr ihm ab und an auch ein französisches Schimpfwörtlein. Viel weiter hatte er es in dieser schweren Sprache jedoch nicht gebracht, und lediglich Vincenzo Bellini konnte ihn damit übertrumpfen, sich in frankophiler Manier selbst zu blamieren. Barbaja war lebhaft in Erinnerung geblieben, wie der Sizilianer neulich Freunde aus Frankreich um einen Filzhut bat und versehentlich die Frage nach einem ‚Chapeau de foutre' stellte ...

„Chapeau de feutre, de feutre!", hatten die Franzosen lachend erwidert und jedermann wusste seither, dass Bellini nach verfluchten Hüten Ausschau hielt.

Doch selbst jene nette Reminiszenz half dem Impresario nun wenig.

„Ja, gibt es denn so was? Dieser Schneider ... figlio di puttana[35]." Barbaja musste wohl oder übel feststellen, dass seine gut gepolsterten Hüften ein unüberwindliches Hindernis für die feste Hose darstellten. „Ist denn das die Möglichkeit – hineingekommen bin ich doch auch heute früh ... Ich kann doch nicht – ich kann doch nicht ernsthaft mit der Schere ... da – was soll ich denn dann heute Abend zur ‚Norma' tragen? Das ist mir ja noch nie vorgekommen, dass ich mein Geschäftchen auf später verschiebe ..."

Es klopfte an der Tür. Lilly und Sophie kauerten sich noch tiefer unter die Chaiselongue und spähten vorsichtig nach dem neuen Besucher.

„Ja, ja ... – wer da, zu dieser Stunde?"

Barbajas Vermutung, es könne sich bei dem Störenfried womöglich um einen Bratschisten handeln, ließ ihn erzürnen. Eilig streifte er sich erneut das verschwitzte Hemd über die klebrigen Schwarten und raffte hastig den Hosenbund zusammen.

Das Klopfen wurde lauter und von draußen drang eine ungeduldige Stimme herein.

„Impresario Barbaja! Impresario!"

„Ich komme ja schon, ich eile – wehe Ihnen, wenn Sie ein Violakünstler sind ...", entfuhr es ihm, „... in diesem Falle hoffe ich für Sie, dass Sie Ihre Kündigung bereits für mich bereithalten ..."

„Impresario, Impresario ..."

Barbaja kratzte sich unwirsch und öffnete die Tür. Gereizt schielte er über den Rand seiner Nickelbrille nach draußen.

„Gaetano, Du?! So komm doch herein! Schnell, schnell ... es muss ja keiner sehen, dass Du ..."

„... Impresario Barbaja, es ist – leider hat es nicht so funktioniert, wie wir dachten ... wie ich ..."

„Was hat nicht funktioniert?", schloss Barbaja hastig die Tür. „Nun erzähl schon, was denn? Hast Du die Noten nicht ...?"

„... Impresario, es hat eben nicht alles so geklappt – aber ..."

„Was ist mit den Noten?" unterbrach Barbaja Donizetti erneut, „Hast Du sie nun – oder hast Du sie nicht?"

„... Die Noten ... habe – habe ... die Noten hatte ich, ich ... sie ... – ich musste sie zurückgeben."

„... Was soll das heißen, Du musstest sie zurückgeben? Willst Du mir einen Bären aufbinden, Gaetano?"

Barbaja kochte vor Wut und konnte sich kaum bändigen.

„Gaetano, ich rede mit Dir! So antworte: Warum musstest Du sie zurückgeben? Was um alles in der Welt ist bloß geschehen, dass Du freiwillig Bellinis einzige Exemplare retournierst? Sei di diavolo?[36]"

Der Hüftbereich seiner schwarzen Hose spannte. Er spannte so sehr, dass er bei nächster Gelegenheit platzen würde. Zumindest eine Naht war dem Untergang geweiht. Oder wenigstens der Knopf – – wie eine Gewehrkugel bohrte er sich in die Stofftapete am gegenüberliegenden Ende des Raumes. Wumm!

„... Signore Impresario, ich möchte mich bei Ihnen entschuldigen, a-a-aber ...“

„Was heißt hier entschuldigen? Du hast die Sache vermasselt, sagen wir doch gleich, wie es sich verhält!“

„Ich hatte keine Wahl! Dieser Franco – Francesco, dieser Freund Bellinis, er hat – er ... im Foyer, als ich ...“

„Gaetano!“, schrie Barbaja Donizetti wie eine Furie an und führte dabei einen Veitstanz auf. „Gaetano! Du wirst mir jetzt nicht erzählen, dass Du wieder einmal durchgedreht bist und einen Discorso[37] gehalten hast!“

Direttore Domenico, der Donizetti schon seit vielen Jahren kannte, wusste um die Eigenheiten seines Schützlings. Nicht nur einmal hatte er Gaetano davon abhalten müssen, mit gestohlenem Gut angeberisch hausieren zu gehen – und offensichtlich kam er auch diesmal zu spät.

„Impresario – ich versuchte, mich dazu zu zwingen, es nicht zu tun, aber das Gefühl ...“

„Das Gefühl, das Gefühl!“

„... das Gefühl, dieses herrliche Gefühl, endlich etwas erreicht zu haben, war einfach so stark in mir, dass ich es allen zeigen musste ...“

„Gaetano, Idiot! Bist Du Dir dessen bewusst, dass allein Du es zu verantworten hast, dass ...“

Der dicke Barbaja musste tief Luft holen, was für seine Hosennähte und den Perlmuttknopf einen weiteren Kraftakt bedeutete.

„... dass allein Du die Schuld daran trägst, dass die ‚Norma‘ heute so ... unbeschadet über die Bühne gehen wird?“

Das war es also! Lilly musste einen entsetzten Aufschrei unterdrücken. Offensichtlich versuchte Barbaja, die Uraufführung der ‚Norma‘ zu vereiteln und hatte dem untergebenen Gaetano Donizetti zu diesem Zwecke aufgetragen, Teile von Bellinis Manuskript zu stehlen. Vincenzo Bellini nämlich, der ebenso wie Felice Romani die ungute Eigenschaft hatte, alles auf den letzten Drücker hin fertigzustellen, hatte erst vor wenigen Tagen einen vorläufigen Punkt hinter den musikalischen Schluss der Oper gesetzt. Und da noch keine komplette Abschrift der Partitur existierte und sogar die Musiker aus eilig hingeworfenen Skizzenblättern zu spielen hatten, war sich Impresario Barbaja dessen sicher, die heute stattfindende Premiere verhindern zu können – – wenn er nur die Noten entwenden ließ.

„Impresario, es tut mir wirklich leid, aber ...“

„Genug jetzt! Vaffanculo[38]! Und gnade Dir Gott, wenn Deine nächste Oper nicht bis übermorgen fertig ist, denn dann – – dann werde ich ausschließlich Vincenzo Bellini vertraglich an mich binden und Du kannst sehen, wo Du bleibst, Gaetano!“

Barbaja riss sich die Krawatte vom Hals und fügte in barschem Ton hinzu: „Und bestelle Deinem Weibe einen herzhaften Gruß von mir – Gratulation, dass sie einen solchen Stümper ehelichte, Du buono a nulla!“

Donizetti war klar in die Ecke gestellt worden, und zwar auf das Übelste und noch dazu von einem Drahtzieher böser Machenschaften, der das Ziel verfolgte, zwei der besten italienischen Opernkomponisten gegeneinander auszuspielen. Von Domenico

Barbaja nämlich, der nur so nach Erfolg gierte und einem weiteren Skandal an der Scala genüsslich entgegenblickte. Doch der Plan des feigen Direktors misslang. Und das, obwohl eine weitere Person an der Sabotage der neuen Oper beteiligt gewesen war.

Eine Person, die zu dieser erbärmlichen Situation passte. Eine Person, die so unmittelbar mit Vincenzo Bellini verknüpft war, dass man sie aus seinem Leben nicht mehr wegzudenken vermochte.

Das Komplott

Domenico Barbaja hatte Mühe, zu sich selbst zu finden. Wenn ihm schon nicht das Ausziehen seiner knappen Hose gelang, so hatte er zumindest gehofft, in Donizetti einen zuverlässigen Konspiranten gefunden zu haben, der es schaffte, diesem eitlen Sizilianer den Garaus zu machen. Der dazu fähig wäre, diese läppischen Noten zu besorgen und – sie idealerweise gleich zu vernichten.

Barbaja musste sich auf das Zimmerbidet setzen. Seine roten Bäckchen schienen jetzt noch greller als zuvor und der filzige Backenbart glänzte vor Feuchtigkeit. Das braune, zerzauste Haar hatte die ursprüngliche Contenance verloren und wo zunächst der Seitenscheitel angesetzt war, hingen jetzt nur noch wirre Fäden herab.

Impresario Barbaja war am Ende, und – – es klopfte leise an der Tür. Viel sachter als zuvor, und es klopfte nur einmal. Eher war es sogar ein sanftes Wispern und wenn Barbaja sich in diesem Moment nicht gerade ruhig verhalten hätte, das Geräusch wäre ihm wohl kaum aufgefallen.

Diesmal wusste er, wen er zu erwarten hatte, und eilig schritt er zur Tür. Mit einem galanten Schwung öffnete er sie, um sich anschließend kurz vor der eintretenden Person zu verbeugen. Rückwärts gehend, in der einen Hand den Türknauf, in der anderen seine verknitterte Krawatte, senkte er abermals sein Haupt – nicht, ohne dabei mit seinem behäbigen Gesäß am offenen Kleiderschrank anzustoßen.

Sobald die Gestalt elfenhaft in Barbajas verstunkenes Zimmer eingeschwebt war, schloss er eilig die Tür. Ein abermaliger Knuff gegen das soeben lautstark eingeschnappte Schloss bestätigte ihm, diese auch ja gut zugemacht zu haben. Mit fleischigen Fingern nestelte er kurz am Schlüssel und drehte ihn zweimal herum – ihnen würde nun niemand mehr in die Quere kommen. Kein lästiger Bratscher. Und auch nicht Gaetano Donizetti. Das war gut so, denn die folgende Unterredung sollte unter vier Augen bleiben.

„Giuditta, meine Liebe …"

Barbaja, der inzwischen stark transpirierte, fiel der Turina ungestüm um den Hals.

„Domenico …"

Beide verharrten einen Moment, ehe sie sich voneinander lösten.

„Giuditta, es ist furchtbar, es ist … alles ist anders, Du musst …"

Tränen der Enttäuschung schossen ihm in die Augen.

„Du musst mir helfen. Du musst uns helfen. Uns … uns … die Scala braucht Dich jetzt!"

Fahrig wischte er sich über sein Antlitz.

„… Gaetano … er – – er hat – – er hat nicht … er hat versagt, Giuditta, versagt! Tutto è finito[39]."

Die Turina wirkte gleichgültig. Sie wusste, wer Gaetano Donizetti war. Sie wusste aber auch, wie sie Wendehals Domenico Barbaja einzuschätzen hatte und dass sie in ihm keine allzu große Stütze bei der Umsetzung ihres Planes finden würde …

„Domenico, ich bitte Dich …", besänftigte sie ihn kühl, „ich kann mir lebhaft vorstellen, was vorgefallen ist. Gaetano kam mir vorhin auf der Treppe entgegen – er sah nicht gut aus … gar nicht gut. – – … Huch! Weich hast Du's hier". Mit diesen Worten machte sie es sich auf Barbajas Bett bequem und versank in den Daunenkissen.

„Giuditta, bitte, lenk jetzt nicht vom Thema ab – uns bleibt nicht mehr viel Zeit!"

„… Aber Domenico, Du siehst das alles viel zu eng – glaub mir." Sie bedeutete ihm, neben ihr Platz zu nehmen, „… Gaetano war noch nie der Hellste und – – das kannst Du mir glauben, denn die kleine Sophie ist eine ergiebige Quelle …"

Sophie zuckte zusammen.

„… die mir immer brav das erzählt hat, was ich von ihr wissen wollte. Auch sie ahnt nichts von dem, was wir vorhaben."

Der Herzschlag der Kleinen wurde schneller und ihre Finger suchten nach Lillys Hand, wo sie sich hilflos festkrallten.

„Das Mädchen ahnt nicht nur nichts, sie glaubt sogar, ich sei Gaetano besonders zugetan … ha ha ha …" Giuditta Turinas Züge wirkten trotz des affektierten Lachens wie versteinert.

„Du … Du weißt also, dass Gaetano die Noten wieder verloren hat?", musterte Barbaja seine Komplizin mit großen, glasigen Augen und ließ sich neben ihr nieder.

„Ma, certo, caro.[40] Ich sagte Dir doch bereits, dass ich auf der Treppe fast eine Carambolage à deux mit ihm hatte. Meinst Du im Ernst, dass ich ihn nicht gefragt habe, woher er kommt und dann, was er bei Dir zu suchen hatte, chéri?"

Lilly spürte mehr, als dass sie sah, wie Giuditta den obersten Knopf ihrer Bluse öffnete.

„Domenico", hauchte sie. Ihr Ausruf klang wie ein sachtes Stöhnen. „Sag mir jetzt nicht, dass Dich das Verhalten Gaetanos in irgendeiner Weise davon abhalten würde, unser …" Sie öffnete einen weiteren Knopf. „… unser Vorhaben … unsere Abmachung zu brechen. Du weißt ja, mon amour …" – und mit diesen Worten rückte sie noch etwas näher an ihn heran – „… dass es für unser Problem noch andere Lösungen gibt, über die wir durchaus schon gesprochen haben – pas vrai[41]?"

Mit dem Zeigefinger fuhr sie an Barbajas Wange entlang. Zärtlich begann sie, seine verspannten Wirbel zu massieren und streifte ihm zu diesem Zwecke das Jackett ab. Die schwammigen Brustwarzen des Direktors erhärteten sich … ihre wohligen Finger kraulten ihn so gut …

„Und was ich Dir noch nicht sagte …", rückte sie unvermittelt etwas von ihm ab, sodass die Finger seiner Rechten ins Leere griffen, „… nicht nur von Sophie habe ich aufschlussreiche Informationen erhalten."

„Wer – wer – wen hast Du denn noch …", klappte Barbaja entsetzt seine Augen auf.

„… Francesco, der süße Francesco … er …", fuhr die Turina damit fort, sein glänzendes Fleisch diesmal etwas heftiger zu kneten, „… Der süße, unschuldige Francesco war … ahhhhhhhh … war so lieb zu mir … ist so lieb zu mir …"

Mit der Zunge fuhr sie sich über die Lippen und präsentierte stolz den dunklen Fleck an ihrem Hals, der erst ein paar Stunden alt sein konnte.

„Der süße Francesco, den ich in der Tat sehr mag", aufreizend strich sie sich über die Hüften und erhob sich dabei, „war so lieb zu mir, mir ein paar klitzeklitzekleine Geheimnisse anzuvertrauen. – – Geheimnisse über Vincenzo, tu sais[42] …"

Barbaja riss es auf den Daunen hin und her. Die Frau in seinem Zimmer machte ihn wahnsinnig – sie trieb ihn an, Dinge zu tun, an die er nicht einmal denken durfte. Könnte er doch auch wenigstens einmal dem Vergnügen frönen, seine Lust an diesem Weibe zu stillen – so wie es bereits Bellini und viele andere vor ihm getan hatten. Sollte er Giudittas Worten Glauben schenken, war heute wohl auch Francesco Florimo in den Genuss einer persönlichen Unterredung, wie er es dezent bezeichnen mochte, gekommen und hatte sich hierfür erkenntlich gezeigt. Wie glücklich sich dieser Mann nun fühlen musste, nachdem ihm absolute Erfüllung zuteil geworden war.

Als habe sie von Barbajas aufsteigender Erregung nichts bemerkt, schickte die Kokotte[43] sich an, weitere Details ihrer Zusammenkunft mit Francesco Florimo auszuplaudern.

„Francesco, wie ich bereits erwähnte, war so lieb zu mir, dass er nicht umhinkam, mir zu sagen ...", nun grinste sie auch noch süffisant, „dass Vincenzo heute Abend statt vom Klavier aus ... welch Novität – ha ha ha... stehend und direkt vor der Bühne dirigieren wird.[44] Francesco meinte, sein Freund habe sich kurzfristig zu dieser Änderung entschlossen, um den Sängern bessere Einsätze geben zu können ... und ..."

Sie musste lauthals lachen.

„... ihnen nötigenfalls verbale Unterstützung anzubieten. Stell Dir die Situation vor, Domenico: ein Komponist, der bei der Uraufführung seiner Oper wie ein Marketender[45] den Sängern den Text vorsagt, weil das Libretto wieder einmal zu spät fertig geworden ist, um es anständig auswendig zu lernen ..."

Sarkastisch brach es aus der Turina heraus.[46]

„... Tralala ..."

Sie warf sich auf die Liegecouch. Mit ihrem hellen Sopran, der Bellini wirklich gefallen haben dürfte, zitierte sie die ‚Norma' und lüpfte dabei leicht ihr Röckchen. „... Casta Diva, keusche Göttin im Silberglanze ..."

Barbaja kam kaum nach, sich mit einem improvisierten Fächer ausreichend Luft zuzuwedeln.

„... Frieden lasse auf Erden walten ... wie dein Bild im heitren Licht ..."

Einem Vamp gleich entblößte sie die Haut unter ihrem Rock noch etwas mehr und gewährte dem Geilen vor ihr Einsicht auf zwei blütenweiße Spitzenstrumpfbänder, an denen rote Seidenrosen prangten.

„... Rufe! Nicht einer soll entrinnen ..."

Sie presste eine Hand auf die zusammengeschnürte Brust.

„... Gebiete! Lass uns sogleich beginnen ..."

Viel gab es nicht mehr, was Barbaja auf seinem Bette hielt.

„... Ach", hob die Turina ihren Oberkörper und warf einen eisigen Blick in des Direttores Richtung, „ich kann ihn töten! Mit lächelnd heiteren Blicken ..."

Sie sank zurück auf die Couch und spreizte leicht die Beine.

„... dann schwebt der Himmel nieder, dein Herz ist meine Welt ..."

Der Dicke sprang auf und stürmte auf die Begehrte zu. Mit einer geschickten Windung entzog sie sich jedoch seiner Attacke – und ließ ihn abermals leer ausgehen. Laut krachend plumpste der Impresario neben ihr auf das Sofa.

„Hast Du verstanden, Domenico?! Keusch, so keusch, wie ich es bin."

Mit einem Ruck riss sie dem Direttore ihren Rock aus den klebrigen Fingern.

„... so keusch schneidet ‚Norma' mit der Sichel den Mistelzweig ... schneidet ... mit der Sichel ..."

Ausladend schwang sie ihre Arme durch die Luft und gab dabei zischende Laute von sich.

„... mit der Sichel ... und der Chor schneidet auch Mistelzweige ... alle schneiden ... und schneiden ...“

Das Zischen verstärkte sich und fast hörte man, wie scharfes Metall durch die Luft fuhr.

„... schneiden ... schneiden ... Mistelzweige ... alle schneiden ...“

Giuditta Turina war wie von Sinnen.

„... schneiden ... Sichel ... Mistelzweige ...“

Endlich hielt sie inne und stürzte fast, als der Schwindel überhandnahm.

„Domenico“, fuhr sie den Impresario an, „ich frage Dich, ob Du mich verstanden hast?“

Ohne Luft zu holen, fuhr sie ekstatisch fort.

„... alle schneiden mit der Sichel, alle im Chor – auch ich werde schneiden ... auch ich werde schneiden! Aber nicht den Mistelzweig, Domenico,... sondern ...“

Ihre Augen glühten.

„... sondern den Kopf – – – den Kopf Vincenzo Bellinis!“

„Giuditta!“, entfuhr es Barbaja. „Du bist ja vollends verrückt!“

Die Furie wankte ziellos im Zimmer umher. Wieder und immer wieder betete sie ihre Formeln wie einen schrecklichen Fluch herunter.

„... schneiden sie ... den Mistelzweig ... mit der Sichel ...“

„Aber Giuditta ...“, hatte sich Barbaja inzwischen erhoben und versuchte vergebens, der Situation Einhalt zu gebieten, „... wir wollten doch – davon war doch nie die Rede. Um Gottes Willen, Giuditta ... ich bitte Dich! Was treibt Dich plötzlich dazu?“

Seine Stimme wurde eindringlicher.

„Liebtest Du ihn nicht einst? Liebtest Du nicht einst den Mann, dessen Verderben Du Dir nun erwünschst?“

„Einst, Domenico, einst – Du sagst es ... einst – aber Vincenzo ist ein Nichts – ein Versager – ein Betrüger – ein Niemand!“ Turinas schäumender Mund verlieh ihr das Angesicht eines beutemachenden Tieres.

„Aber Giuditta ...“, versuchte Barbaja erneut, sanftmütig zu wirken, „... nun sei doch um alles in der Welt vernünftig. Du kannst doch nicht aus einer Laune heraus einen – einen Menschen ... Giuditta, das ist ... Mord. Mord, Giuditta!“

„Mord oder nicht Mord – Bellini muss verschwinden. Aus meinem Leben, aus der Welt, ich will ihn nie mehr sehen – – und die ‚Norma‘ wird seine letzte Oper sein, so wahr ich hier stehe!“

Sie eilte zum Ausgang und drehte den Schlüssel herum. „... und heute Abend, Domenico, heute Abend wird sein letzter Abend sein – sein letzter, das versprech ich Dir! In seiner Musik soll er sterben, und seine Musik mit ihm!“

Energisch riss Giuditta die Holztüre auf und stürmte nach draußen. Wie ein bleibender Fluch hielt sich ihre Aura eine Weile in der Luft – in der Luft, die Domenico Barbaja atmete. Atmen musste. Atmen muss! Atme! Sein Atem stockte – stockte – er fiel, knickte ein, sank zu Boden – – – Der Plan der Turina hatte sein erstes Opfer bereits gefordert.

Flucht

Impresario Barbaja hatte Glück im Unglück, denn der Aufprall wurde durch seine enorme Gestalt etwas gemindert – aber spielte das jetzt überhaupt noch eine Rolle?

„Lilly“, zitterte Sophie wie Espenlaub, „ist er – ist er –“

„... ob er tot ist? Keine Ahnung. Sehr lebendig schaut er jedenfalls nicht mehr aus.“

Mühsam krabbelten die beiden aus ihrem Versteck hervor.

Krampfhaft versuchte Lilly, einen klaren Kopf zu bewahren. Barbaja musste unberührt bleiben – denn was, wenn urplötzlich die Turina wieder im Zimmer stünde, um nach dem Rechten zu sehen? Oder wenn sie noch einmal zurückkehrte, um – – Hatte sie nicht ihr Jäckchen liegen lassen?

„Lass uns von hier verschwinden, Sophie. Komm schnell, schnell …"

Energisch packte Lilly das Handgelenk der Freundin.

„Warte!", wisperte Sophie aufgeregt und tastete dabei ihr Haar ab: „Wo ist meine Haarspange? Ich hab sie, glaube ich, da unten verloren."

„Du kannst jetzt nicht dorthin zurück", bemühte sich Lilly, die Kleine vor einer Dummheit zu bewahren, „unmöglich, komm schnell mit mir."

Doch Sophie hatte sich bereits von ihr losgerissen – – als plötzlich von der Stiege her eilige Schritte zu vernehmen waren.

Sie kamen näher – – und näher.

„Sophie! Da ist jemand!"

Auf dem Boden lag die Papierrolle mit Felice Romanis Libretto. Sie war der Kleinen herausgerutscht, als sie zurück ins Zimmer stürmte.

„Sophie!"

Sophie reagierte blitzschnell – in Windeseile kroch sie unter das Sofa und zog den dichten Überwurf der Chaiselongue herab.

Die Schritte waren jetzt ganz nahe.

Hastig raffte Lilly die Rolle mit dem Libretto an sich und schaffte es gerade noch, sich hinter der zweiten Marmorstiege zu verstecken – da stürmte Giuditta Turina bereits zurück in Barbajas Zimmer.

Ein spitzer Aufschrei verriet, dass der Anblick des Kollabierten sie vor Entsetzen erstarren ließ.

Leise und ohne die Schuhe ganz aufzusetzen machte sich Lilly daran, die Treppe hinabzueilen.

„… Der schreckliche Alte … Arzt … unser Komplott … keine Hilfe … Fettwanst … sterben … sterben … Sichel … unter dem Mistelzweig … sterben …", hallten Lilly die schrillen Wortfetzen Giudittas nach, bis die Rufe der Intrigantin schließlich gänzlich verstummten.

Lilly befand sich nun wieder auf dem geräumigen Hauptflur, dessen Ende in der großzügigen Aula mündete. Von der Bühne her war ein so durchdringendes Instrumentenwirrwarr zu vernehmen, dass nicht einmal das marktschreierische Deklamieren Gaetano Donizettis diese klingende Kulisse übertönt hätte – und ebenso unentdeckt musste auch Giuditta Turinas Gezeter geblieben sein.

Die Übergabe

Von ihren Erlebnissen erschöpft, betrat Lilly erst einmal den Waschraum. Sie wollte sich erfrischen und die Situation rekapitulieren. Was wohl mit Sophie geschehen würde?

Gerade benetzte sie sich Stirn und Schläfen – als Bellini zur Tür hereinnervöselte. Er mochte Lilly nicht gleich erblickt haben, denn längere Zeit versuchte er, mit zittriger Hand die Manschetten seiner seidenen Ärmel zu lösen, was ihm vor lauter Aufregung nicht gelang.

„Maestro, wenn Sie erlauben …"

„Signorina Liliane!"

Bellini erhob sein Haupt und sah in Lillys Antlitz.

„Danke, vielen Dank für Ihre Hilfe, Signorina – – Sie müssen verstehen, vor der heutigen Premiere ... nun, ich bin etwas angespannt und ..."

Wie durch Zufall streifte er sie.

„... lassen Sie uns nach draußen gehen, ich wollte ohnehin nur kurz – die Luft in meinem Zimmer ist einfach zu trocken. Sie müssen wissen, dass ... ich rechnete eigentlich nicht mehr damit, Ihnen abermals zu begegnen, Signorina Liliane, und es ist – es freut mich ungemein, dass sich meine Befürchtung nicht bewahrheitet."

Ein Lächeln erhellte seine Miene.

„Ich hoffe, Ihnen ... Sie fühlen sich durch meine Gegenwart ... durch unsere Begegnung nicht unangenehm berührt, Signorina. Sie – Sie sind nämlich ..."

Verlegen trat er etwas näher an das junge Mädchen heran und ...

Ruckartig schlug ihnen die Tür zum Waschraum entgegen.

„Maestro!"

Der hereinstürmende Mann hielt einen Kasten in der Hand. Es war ein Bratschenkasten, aus dem Noten herausquollen.

„Roberto! Ich hoffe, Sie haben geübt ...", zog sich Bellini souverän aus der Affäre und machte sich sogleich wieder an seinen Manschetten zu schaffen.

Der Mann, den er mit Roberto ansprach, war erster Solobratscher des Orchesters der Scala. Vincenzo kannte ihn seit langem und wusste auch, dass Roberto Sergio Neri der Einzige war, auf den er sich so halbwegs verlassen konnte. Wenn die anderen Bratschisten wieder einmal nur imitierten – Roberto setzte gewiss ein. Bisweilen zwar unsauber oder unüberhörbar falsch im Takt, aber er setzte ein. Er setzte mit einer so hohen Wahrscheinlichkeit ein, dass sich Bellini fest vornahm, während seiner Zeit an der Scala keine allzu exponierten Bratschenpassagen mehr zu schreiben. Das Risiko war einfach zu groß, hässliche Buh-Rufe des Publikums dafür einstecken zu müssen.

„Aber gewiss, Maestro Bellini. Gewiss, gewiss. Sie kennen mich doch, ich übe immer, wenn ich Ihre Opern spiele."

Roberto wischte sich mit dem Handrücken über die Stirn und konnte nicht verheimlichen, dass er nervös war. Er dachte an seinen letzten verpatzten Einsatz in ‚La Sonnambula'[47], der ihm erst Anfang März Schimpf und Schande eingebracht hatte. Freilich war Roberto nicht allein an dieser Misere Schuld gewesen – aber da die übrigen Kollegen, wie üblich, den Bogen zwar stilgerecht zu führen gewusst, die Erzeugung jeglichen Klanges aber vermieden hatten, kam alles auf ihn zurück.

Und heute – die ‚Norma'.

Viele heikle Stellen. Zu viele heikle Stellen ...

„... ich meine ...", leitete er deshalb über, „... dass ich auch gerade jetzt wieder auf dem Wege war, um mir ein Zimmerchen zu suchen – und – um extra die ‚Norma' nochmals durchzusehen ... Maestro ... Signorina ..."

Tief verbeugt flatterte er unverrichteter Dinge davon. Roberto Sergio Neri hatte es anscheinend auf einmal eilig. Sehr eilig sogar.

Bis zur Premiere war nicht mehr viel Zeit und der Notentext der ‚Norma' war ihm zum jetzigen Zeitpunkt mehr als fremd.

Sei permessa

Lilly bedauerte sehr, dass das Gespräch mit Bellini eine so reizlose Wendung genommen hatte – oblag sie doch der Vermutung, der Komponist hätte ihr etwas Bestimmtes sagen wollen.

„Signorina!" „Maestro!" Sie fielen einander ins Wort und mussten herzhaft lachen. „Maestro!" „Signorina!" Auch der neuerliche Versuch scheiterte. Wie durch Zufall berührten sich ihre Hände, und die sanften Finger Vincenzos verharrten einen Augenblick ... ehe sie es wagten – ehe er es wagte, Lilly leise und voll Vorsicht zu küssen. Er nahm ihre Hand auf und ... führte sie zu seinen Lippen.

Ein plumpes Geräusch holte sie schlagartig zurück in die Realität.

„Maestro", räusperte sich Lilly und versuchte, die aus ihrem Kleid herausgefallenen Papierrollen zu rechtfertigen, „ich sollte Ihnen dies hier überbringen ... ehm – von – von ..."

„Nun, Signorina", warf Bellini einen raschen Blick darauf, „ich kann mir nicht vorstellen, was in aller Welt so wichtig sein sollte, als dass es jetzt unser Gespräch stören könne."

Gleichgültig ließ er Textbuch und Partitur in seinem Jackett verschwinden.

„Aber ich danke Ihnen sehr herzlich, dass Sie sich die Mühe machen, niedrige Botendienste für mich zu verrichten ... und – – wenn ich nicht irre, gehe ich recht in der Annahme, dass Felice Romani Sie, Signorina, unnötig damit zu belästigen wusste, Ihnen das ausständige Libretto der ‚Norma' aufdrängen zu müssen ..."

Er lächelte.

„Il mio amico Felice non è puntuale e – – und ich hatte nichts anderes erwartet. Allerdings, dies Büchlein, welches er Ihnen übertrug – nun, diesen letzten Teil habe ich indes zur Gänze gestrichen. Für heute Abend endet die ‚Norma' in Tränen."

Er bekam einen ernsten Gesichtsausdruck.

„Mein Herz ist gebrochen. Die Liebe siegt, wenn auch nicht die meine."

Lilly spürte, dass er um den Verrat der Turina Bescheid wusste.

„Du hast verziehen. Das sagt die Träne, mein Schmerz gestillet, mein Wunsch erfüllet ... Sì, piange – piange ... Ah, tu perdoni! Quel pianto il dice ... il dice ..."

Nach und nach gewann er wieder an Haltung. An die Wand gelehnt, stimmte er leise das Ende seiner Oper an.

„... Il tuo rogo, o Norma, è il mio. Là più santo incomincia eterno amor ..."[48]

Lilly war gerührt.

Sie verstand, dass sie nun endlich verstand! Die Musik – seine Musik war dazu imstande, sie hierher zu versetzen ...

„... Uns're Liebe, sie reicht noch übers Grab ... O bestieg ich selbst das Blutgerüst. Una furtiva lagrima negli suoi occhi spuntò ... sei permessa a un genitor ... sei permessa ..."

Heimlich stahl sich eine Träne aus seinen Augen.[49]

„... Nun, Liliane, vielleicht wissen Sie jetzt, was ich vorhin meinte, als ich ..."

Und sehr, sehr leise fügte er hinzu, „... als ich mich Ihnen näherte, Signorina. Glauben Sie mir, ich spüre dies Band, dies unsichtbare – und könnt' ich es mir wünschen, wären Sie für immer bei mir."

Er reichte ihr den Arm.

„Erlauben Sie wohl, dass ich Sie nun auf eine Tasse Tee in mein Zimmer geleiten dürfte?"

Gemeinsam begaben sie sich zu seiner Garderobe.

„Maestro ...", sah sich Lilly dazu gezwungen, Bellini auf das gestohlene Manuskript hinzuweisen, „... Maestro, das zweite Röllchen, welches vorhin mitsamt dem ersten zu Boden fiel ... Es enthält ... nun, es enthält ein Stück der ‚Norma' ... Noten, Maestro, Noten ..."

„Noten?"

Seine blauen Augen funkelten.

„Noten? Signorina, die ‚Norma' ist Melodie, Melodie – keine Noten. Melodie! Spüren Sie das Strömen, Liliane, dies Strömen lässt sich nicht auf Papier bannen. Mit keiner Feder dieser Welt, durch keine Tinte, und sei sie auch noch so rot ..."

Überlegen winkte Bellini ab.

„Kürzlich musste ich die Bratschensoli der ‚Norma' überarbeiten – die neue Abschrift der Musiker befindet sich längst auf ihren Pulten. Machen Sie sich also keine Sorgen, Signorina – diese Noten, woher auch immer sie stammen mögen, sind nicht mehr von Relevanz."

Enthielt die Überarbeitung immer noch ... wovon hatte die Turina gesungen ... Mistelzweig, irgendeine Sache mit einem Mistelzweig – und einer Sichel? Die Sichel!

„Ich hörte ...", stellte Lilly sich unwissend, „... dass jene Arie der ‚Casta Diva' göttlich schön sei. Maestro, würden Sie mir erlauben, Details zu erfahren, die mich in sie einweihten?"

„Ja, ja, die Casta Diva ... natürlich ...", sperrte Bellini die Tür zu seinem Zimmer auf. „Wir hatten bis zum Ende der Proben Probleme, alle Chormitglieder darauf einzustimmen, gleichzeitig die schweren Eisensicheln zu schwingen. Wissen Sie, Signorina, das Libretto mag ja recht nett sein an der besagten Stelle – aber bringen Sie einmal über dreißig Frauen dazu, handwerklich aktiv zu werden ... und dabei auch noch zu singen!"

Vollkommen ahnungslos schmunzelte er vor sich hin.

„Einmal hatten wir sogar einen kleinen Zwischenfall, als eine Altistin nach vorne stolperte und eine ihrer Kolleginnen beinahe enthauptete ..."

Mit einer Petroleumlampe entzündete Bellini einige Kerzen.

„Ich sagte Felice Romani bereits, dass er für meine zukünftigen Opern keine so gearteten Posituren mehr verfassen dürfe ... Damen mit Sicheln in der Hand ... Das verträgt sich doch nicht."

„Und, Maestro Bellini, diese Sicheln ...", stockte Lilly, „... sie sind wohl nicht mehr vorgesehen, aus Gründen der ..."

Sie überlegte kurz.

„... aus Gründen der ... der allgemeinen Sicherheit? Naja, diese Sicheln ließen sich beispielsweise gegen ... sagen wir ... harmlosere Gegenstände austauschen."

„Aber Signorina, wo denken Sie hin!"

Energisch stürmte der Sizilianer auf sie zu.

„Die Sicheln sind ein Hauptteil der Metaphorik – undenkbar, auch nur eine von ihnen zu entfernen. Der Mistelzweig, wissen Sie ... der Mistelzweig, welcher für die keusche Göttin geschnitten wird ... die Metaphorik schreibt vor, dass ... – – Signorina?"[50]

Sanft tippte er ihr auf die Schulter.

„...Tutto a posto, Signorina?[51] Mir scheint, Sie seien ..."

„Oh, Maestro, danke, danke, mir geht es gut. Ich war nur kurz ... meine Migräne, sie macht mir etwas zu schaffen – der Arzt riet mir, immer ein Glas Wasser ...“

„... Ah, capisco ...“, näherte er sich ihr, „... aber Leidenschaft dürfte doch gegen Kopfweh das passendere Mittelchen sein ...“

„Verzeihen Sie, Maestro ...“, wehrte Lilly sein Werben ab, „... ich muss jetzt wirklich ... wir sehen uns, Maestro, wir sehen uns.“

Sie eilte nach draußen.

Wenn er nur wüsste, in welch großer Gefahr er sich befand!

Ante portas

Es waren viele Stimmen, helle und dunkle gemischt, die sich im Bagno lebhaft miteinander unterhielten. Festlich gekleidete Frauen, gleich den festlichen Blumenbuketts, umarmte parfümierter Duft – wer waren all diese Gestalten? Natürlich – die Uraufführung. Sie alle waren gekommen, um der Uraufführung beizuwohnen.

Und das, obwohl die Karten für die Premiere der ‚Norma' ursprünglich keinen allzu reißenden Absatz fanden. Mochte es an Bellini liegen oder dem Umstand, dass ihm dies Verhältnis zu Giuditta Turina nachgesagt wurde – keiner wusste es genau. Das Gerücht, man habe einige Karten verschenkt, um die Scala vollends mit Publikum zu füllen, verbreitete sich wie ein Lauffeuer und Domenico Barbaja war es, der mit großen Lettern auf die Plakate ‚Biglietti disponibili!'[52] drucken ließ. Natürlich wollten Bellini und seine Anhänger gegen diese Aktion vorgehen, zogen aber letztlich den Kürzeren.

Der Fall ging durch die lokale Presse, die sich darüber amüsierte, dass es am Teatro alla Scala wieder einmal kriselte – und Impresario Barbaja hatte seinen hausgemachten Skandal. Jedenfalls mit dem positiven Nebeneffekt, dass pünktlich zur Uraufführung alle Plätze restlos vergeben waren.

Ein weicher Federbusch streifte Lillys Gesicht.

„Oh, verzeihen Sie, Signorina ...“

Lilly kannte diese großen Augen. Diese Augen ... zu blau.

„Signorina – es ist mir eine herzliche Freude ...“

Mit Nonchalance nahm die Dame die fragile Nickelbrille ab.

„... Sie hier wiederzutreffen. Ich denke, wir begegneten einander heute Mittag bereits in der Cafeteria ...“

Natürlich – das war es.

„Ich hoffe, Ihnen haben die italienischen Speisen gemundet. Die Köche der Scala sind bekannt für ihre vorzügliche Pasta ... und den herzhaft frischen Salat. Vincenzo weiß ihn seit Jahren zu schätzen, weswegen er nahezu täglich das Bistro der Scala aufsucht ... bisweilen in weiblicher Begleitung ...“

Die ältere Dame lächelte, während sie sich mit einem Seidentüchlein behutsam ihre Stirn tupfte.

„... aber nie zuvor ist mir ein so hübsches, junges Mädchen an seiner Seite aufgefallen. – Vincenzo verfügt wahrlich über einen ganz ausgezeichneten Geschmack – in jeder Beziehung.“

Mit einer weichen, teintfarbenen Puderquaste strich sie sich über Wangen, Schläfen, Nase und Kinn.

„Signora, Madame – „

„Ja, bitte?“

„Es kann nicht sein ...", stotterte Lilly, „dass wir heute ... außer im Ristorante ... schon einmal nebeneinander ge... gesessen ... – in der Oper, meine ich. In der Oper – im Salzburger Opernhaus gesessen haben?"

Drei oder vier Frauen, die vor den Gabinetti Schlange standen, drehten sich um. Eine fing an zu kichern, eine zweite setzte kurz darauf ein und bald schon lachten sie alle. Sie lächelten nicht nur, sie lachten Lilly aus. Kräftig und laut lachten sie über das junge Mädchen und konnten und wollten sich nicht beherrschen.

Nur eine lachte nicht – die ältere Dame.

„Signorina", flüsterte sie sanft, „was spielt es schon für eine Rolle, wo wir einander begegneten, solange uns die Musik Vincenzo Bellinis zueinander führte. Hören Sie nicht auf die dummen Gänse – die haben ja keine Ahnung – – Hören Sie auf Ihr Herz, Liliane, auf Ihr Herz!"

Sie war es. Sie war die ältere Dame aus der Oper.

„Haben Sie Lust, mich zu begleiten, Liliane? Es ist bereits Zeit, und Maestro Bellini wird alsbald den Taktstock zum Einsatz der Ouvertüre erheben ... da drinnen." Sie blickte an Lilly herab. „Da drinnen in Ihrer Handtasche, da habe ich etwas Rotes blitzen sehen. Die Karten der Scala sind rot – so rot, dass sie niemals verloren gehen können, und ... sehen Sie ...", stupste sie Lilly freundlich an, „Sie sitzen abermals links von mir ... Lassen Sie uns also aufbrechen, Liliane – denn, wie ich Ihnen bereits sagte, es ist eine große Ehre, bei der heutigen Uraufführung dabei sein zu dürfen."

Das Lachen hinter ihnen verstummte und beide betraten den Flur. Die Geräusche der vielen Stimmen wurden hie und da von kräftigen Klängen aus den Reihen des probenden Orchesters übertönt und Lilly vermeinte, die eine oder andere Melodie wiederzuerkennen.

„Sie haben recht ...", las die ältere Dame ihre Gedanken, „... Bellinis Melodien sind unverwechselbar. Einmal Bellini, immer Bellini – Sie werden ihn lieben! Ihn und die ‚Casta Diva'!"

„... Die Casta Diva ...", fiel ihr Lilly atemlos ins Wort und hatte voll Entsetzen das Bild der Sicheln vor Augen.

„Ja, was ist damit? Eine wunderschöne Arie ... die schönste Arie Vincenzo Bellinis! Nie zuvor und niemals danach gelang es ihm auch nur annähernd, ähnlich Herrliches zu schreiben."

„Aber, aber", tönte es zu ihrer Rechten, „wer wird denn hier behaupten, dass Bellini nur zu einer schönen Arie imstande sei ..."

„Francesco!", fiel Lilly dem Freund Bellinis erleichtert um den Hals. An ihm jedoch – – das Parfum Giuditta Turinas! Aufdringlich stark quoll es unter seinem Stehkragen hervor ...

„... und außerdem", fuhr Florimo fort, „seien Sie doch geneigt, gnädige Frau, sich die Oper erst einmal anzuhören, bevor Sie mit Bedauern Ihr Urteil revidieren müssen, weil die ‚Norma' *voller* wunderschöner Arien ist ..."

„Gewiss, gewiss ...", murmelte die ältere Dame, „da mögen Sie recht haben, Signore, aber die Arie der Casta Diva ..."

Die Casta Diva ... Beinahe schon zuckte Lilly erneut zusammen, als abermals der Name fiel.

„Diese Arie ist es, welche Vincenzo Bellini berühmt machen wird. Diese Melodie wird man auch in hundert oder zweihundert Jahren – oder wann auch immer auf der Welt hören und jene traurige Glückseligkeit erfühlen, die durch sie verströmt wird."

55

„Nun, Gnädigste", wollte sich Francesco keine Blöße geben, „mögen Sie an Ihrer Einschätzung festhalten – ich für meinen Teil schlage vor, wir reden in zweihundert Jahren nochmals darüber."

Belustigt verabschiedete er sich.

„Wenn ich mich nun empfehlen dürfte ..."

„Francesco!", wollte Lilly ihm noch nachrufen – „Francesco ...!"

Pompös

Prunkvoll gekleidete Leute tummelten sich im großen Saal, und die güldenen, sechs Stockwerke hohen Ränge, die bis zur Decke reichten, waren bereits mit Publikum gefüllt. Glänzende Lüster schwebten über den Zuhörern und verliehen so dem prächtigsten aller Opernhäuser ein nicht zu beschreibendes Flair. Pompöse, purpurne Samtvorhänge ließen die noblen Aussichtsplätze prächtiger Logen königlich schimmern und die in ihnen Sitzenden zur feierlichen Stimmung des heutigen Abends erstrahlen.

In all dem Treiben ereilte Mailand ein letzter Hauch weihnachtlicher Stimmung. Hereinströmende Gesichter wurden schwerer, ihre Bewegungen verlangsamten sich. Die Stimmen im Orchester verklangen nach und nach, und es wurde höchste Zeit, sich zu den Plätzen zu begeben.

„Kommen Sie, Liliane", drängte die ältere Dame und wollte sie mit sich nach vorne ziehen. Doch Lilly blieb wie angewurzelt stehen.

„Ich kann nicht, verzeihen Sie bitte, aber ich muss ..."

Panisch deutete sie in Richtung Ausgang und stolperte fast, als sie sich dem festen Griff entzog.

„Ich muss ... ich werde es Ihnen später erklären – – gehen Sie ohne mich, bitte – – gehen Sie!"

Drängelnd stürzte sich Lilly dem Eingangsportal entgegen und blieb in der Menge stecken.[53] Im Saal wurden nun die Lichter gedämpft. Erst sacht, dann immer mehr – der Maestro Concertatore[54] erhob sich und gab das ‚A'. Eilige Füße suchten hektisch nach einer Bleibe – und auf einmal verstummte die Scala. Aus den Hörnern gickste es kurz, dann leuchteten die schweren Deckenluster mit leisem Knistern abermals in voller Pracht.

Unruhe machte sich breit und ein Raunen ging durch die Menge des inzwischen übervoll besetzten Teatros. Noble Damen und edel gekleidete Herren, soweit das Auge reichte – und direkt über Lilly, in der Mitte der Tribünen: jene eine, gewaltige Loge, welche noch viel festlicher geschmückt war als all die anderen Balkone. Die zahlreichen Personen in ihr hatten sich von ihren Sitzen erhoben und trippelten unruhig hin und her. Stählern gestärkte Manschetten wurden hastig glattgestreckt und aus den rosig aufgestülpten Stehkrägen wanden sich markant gepuderte Hälse. Aufgeregte Münder redeten in fortwährender Hektik, seidig glänzende Damen winkten mit Fächern und wirbelten helle Puderpartikelchen durch die Luft.

Dieses Parfum, dieses Parfum ... das Parfum der Giuditta Turina! War am Ende auch sie Gast der Ehrenloge?

Lillys zittrig feuchte Finger gruben sich in ihr Kleid, doch die Turina war nicht auszumachen.

Da, wieder!

Der Fächer der zur rechten Seite sitzenden Dame trug ihr den Duft nochmals entgegen, als Lilly in zweiter Reihe der Loge ... Francesco Florimo stehen sah. Sie presste die Lider zusammen und blinzelte erneut in seine Richtung – doch er war fort. Auf seinem Platz stand jetzt ein anderer Herr – stand ... Gaetano Donizetti!

Die Geräusche im Parkett nahmen zu, als von der Bühne her plötzlich lautes Poltern zu vernehmen war. Sogar jene beiden Männer – der eine von ihnen, groß und stattlich, der andere etwas kleiner und ebenfalls von keineswegs magerer Gestalt –, die eben noch wie Marmorstatuen nebeneinander gestanden hatten, durchfuhr es.

„Schau Dir das an ...", zischelte es neben Lilly und ein Zeigefinger wurde wenig damenhaft ausgestreckt. „Der dicke Podestà[55] gibt sich die Ehre."

Ein Pärchen im Parkett begann nun ganz offensichtlich zu schwatzen: „... und gar nicht weit von ihm der feiste Vizegouverneur – maledetto, dieses Gespann hat uns gerade noch gefehlt. Wahrlich, Milano hätte Besseres verdient – seit diese zwei an der Macht sind, hat sich bei uns vieles zum Schlechteren gewandt, findest Du nicht auch, carissimo? Die Preise gehen stetig in die Höhe und Kaufleuten wird der Handel mit unserer Stadt so erschwert, dass sie lieber gleich nach Padova oder Firenze liefern." „... Donizetti, ganz hinten, siehst Du ihn?", der Mann unterbrach seine Frau und strich ihr dabei sanft über die Schulter. „Es heißt, er habe eine Schreibwerkstatt eingerichtet, in der Horden von Lehrlingen Beschäftigung finden."

Rums!

Mit lautem Krachen fiel hinter dem Vorhang ein hölzernes Teil zu Boden und ließ das Auditorium kurz aufmerken. Da dem störenden Intermezzo aber keine sichtbare Fortsetzung folgte, lag der Schwerpunkt allgemeinen Interesses bald wieder im gegenseitigen Plausch.

„... es ist nicht nur Gaetano Donizetti, der Vincenzo Bellini zu schaffen macht."

„Ehm – wie meinst Du das?"

Das Pärchen blickte sich an.

„Ich meine ...", führte der Mann weiter aus, „... dass es nicht nur der Einfluss und starke Arbeitseifer Gaetano Donizettis sind, welche Bellini in Mailand keinen leichten Stand verschaffen – Du weißt doch noch, Liebes ... Giovanni Pacini und seine ‚Arabi nelle Gallie' vor ein paar Jahren haben selbst den stärksten Anhängern Vincenzos so gut gefallen, dass kurze Zeit später bereits vom neuen Musikstile Pacinis die Rede war ..."

Zärtlich stupsend bekräftigte er seine Ausführungen.

„Er ist freilich gekommen, Maestro Pacini! Die Anstrengung steht ihm förmlich ins Gesicht geschrieben, die ihm seine ‚Giovanna d'Arco' bedeutet haben muss – ich fürchte fast, Pacini wird sich von diesem Opernmarathon sein Leben lang nicht mehr erholen."

In den Zügen des Mannes, der Pacini genannt wurde, spiegelte sich Müdigkeit. Und verfügte sein Kopf nicht über jene vielen, krausen Locken – er machte einen noch lebloseren Eindruck. Eingefallene Wangen wanden sich um das schmale, zarte Gesicht und das spitze Kinn wirkte wie geschnitzt.

„Kennst Du den da schräg hinter Pacini?", erkundigte sich die Frau bei ihrem Mann, „... den dort drüben im schwarzen Mantel?"

Der Mann kramte sein Monokel hervor, um sogleich die Augenbrauen zu heben.

„Aber Liebes", rief er aus, „ist Dir denn Gioachino Rossini nicht bekannt?"

Der Schwan von Pesaro[56] hielt in einer Hand einen metallenen Gehstock, dessen Knauf mit dunklem Holz verziert war, in der anderen qualmte eine deftige Zigarre. Sein schweres Doppelkinn setzte auf der Kante des schwarzen Mantels auf, und wäre da nicht die breite, feste Halskrawatte gewesen – man machte sich zu Recht Sorgen um seinen schwammigen Kropf. Kleine, wulstige Lider ließen die Augen fast verschwinden und eine übermäßig große Nase erschlug beinahe den Rest des Gesichts. Aus seinem wamstigen Bauchschurz wand sich die silberne Kette einer schweren Taschenuhr und bot so die einzig sichtbare Kontur des überreifen Körpers. Der nass schwitzende Schnurrbart Rossinis konnte kaum das breite Grinsen überdecken, welches sich auf seinen schmalen Lippchen gebildet hatte. Selbstsicher klopfte er sich in regelmäßigen Abständen auf die breiten Rippen.

Ein jäher Schrei unterbrach die Szenerie. Er kam von vorne, musste unmittelbar hinter der Bühne passiert sein.

„... Nein, ich ... ich ... nach draußen ... Libretto ... mein Werk, ich ... sofort ...“

Man verstand das Gezeter nur bruchstückhaft.

„Was soll sich der junge Verdi bloß denken?“, murmelte es kopfschüttelnd aus Richtung des Pärchens. „Im Oktober erst hat er das 18. Lebensjahr vollendet und darf sich jetzt schon anhören, wie es ihm in Zukunft ergehen mag.“

Sprachen sie von Verdi – von dem Verdi mit dem buschigen Brahms-Bart, den jedermann aus Kreuzworträtseln kannte, die mindestens einmal pro Seite nach seiner vierbuchstabigen Oper ‚Aida‘ fragten? Aber so sehr sich Lilly auch bemühte, Verdi war nicht auszumachen. An der Seite des dicken Rossini stand bloß ein junger Bursche, dessen pechschwarzes Haar salopp nach hinten gekämmt war ...

Exorbitant

„Meine Damen und Herren – Signori e Signore ...“ Von dort, wo eben noch der heftige Zank zu hören gewesen war und es kurz vorher ordentlich gekracht hatte, vernahm man eine fistelige Männerstimme. Felice Romani, der Librettist, war dabei, sich zu Wort zu melden, was ihm trotz persönlicher Intervention Vincenzo Bellinis schließlich auch gelang.

„Es tut mir – – verzeihen Sie bitte, gnädigste Damen ... und die Herren auch, also, ich ... es tut mir wirklich außerordentlich leid, dass die ‚Norma‘ nun doch erst etwas später ...“

Romani war vor den Bühnenvorhang getreten und kramte gerade einen zerknitterten Zettel aus seiner Hosentasche, als ihn plötzlich eine Hand nach hinten zog. Es musste Bellinis Hand gewesen sein, denn augenblicklich begann der Zwist hinter der Bühne erneut.

„Felice, wenn Du ernsthaft glauben solltest, hier und heute – – während alle Welt auf meine Oper wartet ...“

„Aber Vincenzo, quid est cum te, quid habeas?[57] Es ist meine Pflicht, dem Publikum mitzuteilen, dass das Libretto ...“

„Das Libretto, das Libretto ...“

Die beiden Stimmen wurden lauter und aus der Ehrenloge ertönte nun herzhaftes Gelächter. Gioachino Rossini meldete sich zu Wort. Unter heftigem Johlen des Mailänder Publikums zog er im Nu die Aufmerksamkeit an sich: „Sollte sich die ‚Norma‘ etwa noch in der Probenphase befinden? Nun, in diesem Falle würde ich Impresario Barbaja antragen, auf ‚La pietra del paragone‘[58] umzusatteln. Immerhin hat sich diese, meine Oper bereits vor nahezu zwei Jahrzehnten hier in der Scala bestens bewährt und es – im

Gegensatze zu Bellinis Meisterwerk – ganz offensichtlich geschafft, die Uraufführung anstandslos hinter sich zu bringen."

Einige Operngäste schlugen sich bereits mit der flachen Hand auf die Schenkel.

„... was man von Bellinis ,Norma' wohl nicht behaupten darf, nicht wahr, Maestro Vincenzo?"

Rossini klopfte mit dem schweren Eisenstock auf den Boden.

„Tack, tack, tack, Bellini fehlt der Lack ...."

Auch der junge Verdi konnte sich nun ein Lächeln nicht mehr verkneifen.

„... Lack fehlt ihm noch lange nicht, erst, wenn man von der ,Norma' spricht ..."

Der Dicke erhob sich und blies den Bauch zu gewaltiger Größe auf.

„... ,Norma', ei, was mag das sein – doch nicht gar ein Operlein ..."

Mit offenem Mantel und geblähten Nüstern fügte er unter schreiendem Beifall hinzu: „... Vincenzo, komm, nun lass uns hör'n, was wird uns an der ,Norma' stör'n ... Vielleicht der Melodienbrei ... Bellinis sanftes Einerlei ..."

Mit bedeutungsvoller Handbewegung schaltete sich an dieser Stelle der Oberbürgermeister ein, dem die ausgelassene Situation in seinem Theater sichtlich unangenehm zu werden schien.

„... Cavaliere Rossini[59], ich muss doch wohl sehr bitten, die ... die Maßregelungen in diesem Hause dem Hausherrn selbst zu überlassen – – wo befindet sich eigentlich der Impresario? Hat er am Ende vergessen, dass es heute eine Uraufführung einzuleiten gilt? Bei seinem Salär darf ich wohl davon ausgehen, dass er davon unterrichtet ist. Giuseppe – hättest Du wohl die Güte, nach dem werten Domenico Ausschau zu halten?"

Das exorbitante Treiben beruhigte sich etwas und auf Geheiß des Podestà nahm die Mehrzahl der Gäste wieder ihre Plätze ein. Ein Wink des Stadtvaters, und Verdi eilte nach draußen. Nicht, ohne sich vorher mit tiefem Kopfnicken artig von allen Honoratioren verabschiedet zu haben.

„Mag sein, dass Du den Impresario in seinem Zimmer auffindest, bei einer Barbajata und Gebäck", flüsterte der Bürgermeister Verdi noch zu, bevor die verzierte Holztür des Balkons knarrend hinter ihm ins Schloss fiel.

Z-z-z-z-ackkk!

Felice Romani riss sich von Bellini los und schleuderte den Bühnenvorhang zur Seite. Mehr stürzte er nach vorne, als dass er schritt, und konnte sich erst wieder fangen, als er knapp vor dem Orchestergraben an einer der Requisiten hängen blieb.

Ratsch! – – Sein Jackett hatte einen tiefen Riss.

Der übergroße, aus Holz gesägte Mistelzweig besaß scharfkantige Blätter, und hätte Felice Romani nicht sein Schutzengel begleitet ...

Mit hastigen Fingern klaubte der Librettist Teile der Dekoration aus seinem Ärmel. Abermals zückte er das knittrige Schmierblatt und erhob den linken Arm zu einer Geste, die Ruhe einkehren lassen sollte.

„Verwehrte – – verehrtes Publikum, ich muss mich leider kurz fassen ..."

Hinter dem Vorhang schimpfte Bellini, der es seinen Sängern zuliebe jedoch vermied, sich nochmals lautstark mit Romani auseinanderzusetzen. Nicht nur die Pasta war bereits so nervös, dass sie zum dritten Male auf die Retirade[60] eilte, auch Pollione Domenico Donzelli, der bereits in schwerer Rüstung auf seinen Einsatz wartete[61], konnte seine schweißnasse Stirn nicht verbergen.

„... es ist mir eine Ehre ... äh – – Pflicht, Ihnen – – dem verehrten Publikum mitzuteilen, dass ..."

Lästernde Rufe kamen auf, die von schrillen Pfiffen begleitet wurden.

„... dass es mir auch bei der ‚Norma' nicht möglich war, die Original ... den Text der Originalvorlage original ... urgetreu umzusetzen und – – die ...“

Felice Romani geriet ins Stottern. Er hatte sich in der Zeile geirrt und versehentlich eine für ihn äußerst wichtige Passage übersprungen.

„... den ... der Komponist ... also Vincenzo Bellini, mein Freund, mich schon wieder so ...“

Romani musste improvisieren, da er seine eigene Handschrift in der Aufregung nicht mehr lesen konnte.

„... so – – so gezwängt ... – – ehm, so gedrängt hat, und ich sage Ihnen, er hat mich wirklich gedrängt, meine Frau kann Ihnen das bestätigen, wertes Publikum – – und keine Zeit gelassen hat und immer wieder die Proben, die Sänger, die Arien – – ich muss zugeben, das Wort ‚Norma' nicht mehr hören zu können ...“

„Primus[62]!“, brüllte Bellini, der sich nun doch gezwungen sah, dem Gastspiel des Librettisten ein Ende zu bereiten, von hinten. „Stimmen Sie Ihr Orchester ein!“

„Jawohl, Maestro!“, stand der Konzertmeister auf und gab erneut das ‚A'.

„Aber ich wollte doch noch sagen, dass ... dass das Libretto ... es ist wirklich unmöglich – – ehm, schlecht, also, ehm – –Sie sollten vermeiden, es zu hören, wertes Publikum, also dann ...“

Ein gewaltiges Knattern der Hörner scheuchte Felice Romani von der Bühne – der Skandal war perfekt.

Doch Bellini, der die gehässige Stimmung des Mailänder Publikums seit langen Jahren kannte, ließ sich auch heute nicht von der geplanten Uraufführung abbringen. Er kletterte in den Orchestergraben, rückte sich den Frackschoß zurecht und stieg auf sein Podest. Zwei langstielige Kerzenleuchter spendeten dem Dirigierpult düsteres Licht, doch selbst im aufgeregten Flattern der Feuerschatten machte seine kalte Miene einen versteinerten Eindruck.

Lilly erschrak, als sie bemerkte, dass Giuditta Turina Recht behalten hatte. Wie sie bereits in Barbajas Zimmer verkündet hatte, stand Vincenzo diesmal ungewöhnlich nah an der Bühne. Sein Haupt grenzte beinahe direkt an den hölzernen Mistelzweig – wo blieb Hilfe? Wo blieb ... Sophie, oder ... – würde sie gar den jungen Verdi finden?

Vorbei am Logisten wand sich Lilly das Eingangsportal hinaus. Erste Klänge der Ouvertüre begleiteten sie. Zartes Pizzicato lyrischer Melodienbögen, breite Kantilenen himmlischer Streicher – viel Zeit blieb nicht mehr bis zur Arie der ‚Casta Diva' – bis zu jener Arie, die Vincenzo Bellini das Leben kosten sollte.

Lilly blickte sich um.

Hinter ihr führte eine steile Treppe zum Balkon des Bürgermeisters – und sollte sie rasch genug gewesen sein, es müsste ...

Vergnügte Schritte drangen an ihr Ohr.

Schritte, die keinerlei Hektik in sich bargen, sondern gute Laune verhießen. Und mit ihnen kam ein Pfeifen und Trällern, welches die Ouvertüre der ‚Norma' in ihrer Brillanz beinahe übertraf.

„Buona sera ...“, grüßte sie eine männliche Stimme aus eben dieser Richtung. „Das ist aber eine nette Überraschung, die der Herr Oberbürgermeister da für mich bereitgestellt hat.“

Der Jüngling trat an sie heran und streckte ihr seine breite Hand entgegen.

„Hocherfreut, Giuseppe Verdi mein Name – und mit wem habe ich das Vergnügen?“

„Lilly Moser – – es ...“

„Ah! Signorina Lilly, ein hübscher Name, wirklich, ganz wie Signorina selbst, veramente. Begehren Signorina Einlass zur Opera?“

Lässig wischte er sich eine schwarze Strähne aus dem Gesicht.

„Nein, nein ...“, unterbrach ihn Lilly, als er Anstalten machte, die Saaltür für sie zu öffnen, „... ich komme soeben von dort, es hat mich – ich musste ...“

Verlegen lächelte sie dem Jungen entgegen.

Die markanten Züge seines Gesichtes, die dunklen, rehbraunen Augen – Giuseppe Verdi machte einen vitalen Eindruck, der seine bäuerliche Herkunft nicht leugnen konnte.

„Ah, ich verstehe! I gabinetti ... nicht zu verfehlen, Signorina: geradeaus und dann links.“

Mit gestreckter Hand deutete er Lilly den Weg und lächelte, als er sagte: „Lassen Sie uns ein Stück gemeinsam gehen? Ich wollte auch noch kurz etwas erledigen, bevor ich zu Signore Barbaja ...“

Barbaja! Lilly war wieder hellwach. Der Impresario, Verdi war ja zum Impresario unterwegs ...

„Nein, Giuseppe – warten Sie – warte auf mich! Es ist wichtig!“

Entschlossen lief sie dem jungen Mann hinterher.

„Aber Signorina –“, Verdi stockte kurz, nahm aber dann das Du gerne an. „Aber Lilly, was hast Du denn?“

„Barbaja ist – er ist ...“

Sie stockte und atmete hastig.

„Was ist mit ihm, so sag schon? Ist er versehentlich nach Hause gegangen heute Abend? Nun, das passiert ihm ab und an, wenn er ...“

„Nein, er, er ...“

„Was ‚er‘?

„Er hat, er ist – –“

Wie sollte sie es Verdi nur beibringen?

„Beeil Dich“, rief sie ihm zu, als er sich nur widerwillig von der Stelle bewegte, „es geht hier um Leben oder Tod!“

„... C – – come??“

Eilig versuchte sie, den jungen Komponisten in Kenntnis zu setzen: über das Gespräch zwischen Florimo und der Turina, über Barbaja, der nun vermutlich tot in seinem Zimmer lag, über Sophie, die wohl noch bei ihm war – und über die Arie der ‚Casta Diva‘, die unaufhaltsam näher rückte.

„Wir müssen so schnell wie möglich zu Bellini und ...“

„Lento, lento, Signorina, wohin denn so eilig?“

Mit einem Male stand Barbaja vor ihnen.

Der tote Barbaja selbst stellte sich ihnen in den Weg.

„Signorina Lilly, nicht wahr?“, schleppte er Sophie am Handgelenk mit sich, „Ihre Freundin war geneigt, mir Auskunft zu erteilen, nachdem sie sich heimlich aus meinem Zimmer schleichen wollte ...“

Er räusperte sich und packte Sophies Hand noch ein bisschen fester.

„... nachdem sie mich belauscht hatte und gerade dabei war zu verschwinden!“

„Aua!“

Der Kleinen schossen Tränen in die Augen.

„Signore Impresario Barbaja, bitte, bitte ...“

„Still nun! Ich habe Dich nicht um Deine Meinung gebeten, Du Luder!“

„Aber Signore Barbaja, so haben Sie doch ...“

„... habe ich was? Was möchtest Du mir sagen, Ragazza? Gewiss etwas, was nur für uns drei hier bestimmt ist, nicht wahr?“

Sein Blick traf auf Verdi, mit dem er wohl nicht gerechnet hatte.

„Giuseppe, mein Lieber! Wie geht es Dir, der Herr Papa wieder genesen?“

„Alles bestens, Impresario Barbaja, alles bestens, wir sind gerade dabei, unseren Umzug nach Mailand vorzubereiten.“

„Ja richtig“, unterbrach ihn Barbaja und winkte ab, „das sagtest Du mir vor einigen Monaten. Nun, wie es aussieht, bietet sich für Dich schon bald eine günstige Gelegenheit, Dein Können auch bei mir an der Scala unter Beweis zu stellen ...“

Sophies Bemühungen, sich aus der Pranke zu lösen, zeitigten nach wie vor keinen Erfolg.

„... denn unser – – unser lieber Gaetano scheint überfordert mit – egal. Und Vincenzo Bellini, nun ja ...“

Seelenruhig lächelte er in die Runde.

„... Er hat unsere Gesellschaft wohl lange genug mit seiner schwülen Musik beglückt und kann froh sein, wenn ihn das Publikum heute erhobenen Hauptes gehen lässt und – – und ich denke, kein geringerer als Giuseppe Verdi sollte in die Fußstapfen eines Gaetano Donizetti treten, um unserem Hause endlich wieder Erfolg zu verschaffen – Das Libretto zu ‚Oberto‘ hast Du von mir erhalten, mein Lieber?“

Brutale Berechnung streifte den jungen Verdi.

„Ja, es – es hat mich auf dem Postweg in Busseto erreicht und ...“

„Gut!“, rief Barbaja aus, „... sehr gut! Ich hoffe, Du arbeitest bereits eifrig an dieser Oper. Temistocle Solera hat sich für Dich wirklich Mühe gegeben und den verstaubten Stoff von Antonio Piazza ganz reizend aufgearbeitet – vergib Deine Chance also nicht!“

Barbajas Ton wurde scharf und ließ Giuseppe Verdi erstarren.

„Oder meinst Du, jeder italienische Intendant würde den Sohn eines Dorfwirtes an die Scala verpflichten? Ich rate Dir also, mein Lieber, Deinen Erstling gut vorzubereiten – sonst kannst Du wieder zurück nach Roncole gehen und in den Manufakturen Parmas um Arbeit ansuchen!“

Das war es – Barbaja rechnete fix mit dem Mord an Vincenzo Bellini, um am Teatro alla Scala einen neuen Star aufzubauen. Giuseppe Verdi sollte dem ungeliebten Sizilianer nachfolgen und so dem noblen Opernhaus zu neuem Ruhm verhelfen.

Lilly blieb keine Zeit mehr. Ohne ein Wort zu verlieren, löste sie sich aus der Gruppe und rannte los. Sie rannte, obwohl Barbajas Fluchen sie verfolgte und ihr alles Unheil dieser Welt wünschte. Sie rannte. Vorbei am Eingang des Saales stürmte sie die Treppe zum Balkon des Podestà empor. Sie rannte um Leben – um das Leben Vincenzo Bellinis.

Bellini, Bellini!

Üppig kostümierte Sänger tummelten sich auf der Bühne. „Eile! Entflieh!“, sang Flavio bereits mit schmetternder Stimme, als Lilly hastig versuchte, die Tür zur Loge zu öffnen. Doch ließ sie sich nicht aufmachen. Nicht um alles in der Welt.

„Nun geh schon auf, nun geh schon ...“

Abermals nestelte sie daran herum, jedoch ohne Erfolg.

„Fürchtet meinen Zorn ... Stürzen will ich den Götzendienst, ma io li preverrò[63] ...“ Der kräftige Einsatz Polliones und die dumpfen Streicher kündeten von der Arie der ‚Casta Diva'.

„... und Blutes Bäche färben die mächtige Stadt ... zerstört durch sich selbst ...“

„Klick“ machte es – und die Tür stand offen.

Sorgsam schlich sich Lilly an die Logengäste heran. Schon stand sie neben Donizetti, schon saß der fette Rossini vor ihr. Schräg hinter dem Oberbürgermeister befand sich Verdis Stehplatz – und eben dorthin begab sie sich jetzt.

„Nun, Giuseppe ...“, richtete soeben der Podestà seine Worte leise an den vermeintlichen Verdi, „... ich vermute, unser Impresario war nicht aufzufinden.“

Ohne abzuwarten gab er sich sogleich selbst die Antwort.

„Fa niente, Giuseppe, fa niente. Ohnehin besser, er bleibt der Oper fern. Lausch lieber der Melodie, dieser herrlichen Melodie ...“

„... Casta Diva ... Casta Diva, che inargenti ...“[64], intonierte Giuditta Pasta auch schon und stand dabei unweit des hölzernen Mistelzweiges.

Keusche Göttin im Silberglanze – Lilly riss die Augen auf.

Die junge Sopranistin stellte sich nun unmittelbar hinter Bellini, der sie durch die hohen Lagen der ‚Norma' führte – und neben ihr konnte man die Mitglieder des Chores erkennen. Sogar einzelne Gesichter waren auszumachen – einzelne Gesichter, doch zu stark geschminkt, um in ihnen Personen zu erkennen.

Erst sah man daher nicht, dass sich die Turina unter die Chorsängerinnen gemischt hatte. Mit einer großen Eisensichel in der Hand stand sie neben den Anderen und wiegte zusammen mit ihnen im Takt der Melodie.

Sie schwankte heftiger, als sie das hätte tun sollen, und so wurde Lilly nun doch auf sie aufmerksam.

„Oh Gott!“, entfuhr es ihr und ohne, dass Lilly daran etwas hätte ändern können!, begann Giuditta Turina, langsam und unauffällig nach vorne zu schleichen.

An den Anderen vorbei schritt sie leise in Bellinis Richtung, von dem sie bald nur noch einen Hauch entfernt war.

„... Ungestüm nicht sei ihr Wille ...“

Die Pasta war mit ihrer schweren Partie so beschäftigt, dass sie nichts bemerkte, und auch die anderen Sänger waren von der Schönheit der Melodie wie verzaubert.

Da holte die Turina aus. Mit einer weiten Bewegung schwang sie die Sichel nach hinten und ...

„... Frieden lasse auf Erden walten ...“

Die ‚Casta Diva' näherte sich ihrem Höhepunkt, und bevor Giuditta Pasta noch das Bild im heitren Licht besingen konnte, zischte kaltes Eisen durch die Luft.

„Bellini, Bellini!“, kreischte Lilly, als sie sah, wie die Sichel auf Vincenzo niederfuhr.

Blitzartig drehte dieser sich um, während sich von hinten Francesco Florimo auf die Turina stürzte – und regungslos auf ihr liegenblieb.

Tschinellen ertönten, als sei nichts geschehen, und ...

You're at home

Lilly will abermals ansetzen, nach vorne zu schreien, als ihr die klare Stimme der ‚Norma' zuvorkommt. Dramatisch setzt das Orchester mit der Tuttipassage ein – der Vorhang fällt und tosender Applaus beschließt die Oper.

Die Gäste des Salzburger Opernhauses sind von der Aufführung begeistert. Und auch die ältere Dame neben ihr, welche gerade wieder einmal ihre Nickelbrille zurechtrückt, hat ein seliges Lächeln auf den Lippen.

„War sie nicht wunderschön, die ‚Norma'?", flüstert sie Lilly zu, bevor sie aufsteht und in der Menge untertaucht.

Verwirrt gelangt Lilly zur Garderobe, wo bereits Matthew auf sie wartet.

„You're at home...", streicht er ihr sanft über den Kopf.

Überglücklich umarmt sie ihn.

„Und, hast Du Norma gefunden, Lilly? Hat sie Dich gefallen?"

„Ja, natürlich! Es war – es war ..."

Lilly braucht einige Zeit, um sich zurechtzufinden.

„... Es war – eine ganz außergewöhnliche Vorstellung, ganz außergewöhnlich ..."

„... and, one more question, I'd like to ask you, Lilly ..."

„Ja?"

Entgeistert wendet sie sich dem Amerikaner zu und blickt in die Augen Bellinis.

„... e come – – und was war in Mailand?"

Ad libitum

Kommentar

1 Opern Vincenzo Bellinis, Uraufführung der ‚Norma' am 26. Dezember 1831 im Teatro alla Scala zu Milano. Uraufführung der ‚I Puritani' im Jahre 1835 am Théâtre-Italien zu Paris

2 dritte Oper Bellinis, uraufgeführt im Jahre 1827 am Teatro alla Scala

3 I. ‚Adelson e Salvini' (Uraufführung am 12. Februar 1825 in Napoli am Conservatorio. S. Sebastiano); ‚II. Bianca e Fernando' (Uraufführung am 30. Mai 1826 in Napoli am Teatro San Carlo); III. ‚Il pirata' (Uraufführung am 27. Oktober 1827 in Milano am Teatro alla Scala); IV. ‚La straniera' (Uraufführung am 14. Februar 1829 in Milano am Teatro alla Scala); V. ‚Zaira' (Uraufführung am 16. Mai 1829 in Parma); VI. ‚I Capuleti e i Montecchi' (Uraufführung am 11. März 1830 in Venezia am Teatro La Fenice); VII. ‚La sonnambula' (Uraufführung am 6. März 1831 in Milano am Teatro alla Canobbiana)

4 „Massimo, das Gleiche bitte noch einmal."

5 Infolge seiner zarten, fragilen Gestalt war Bellini Zeit seines Lebens gesundheitlich etwas angeschlagen. Er starb 1835 an den Folgen einer chronischen Darmentzündung (Ruhr).

6 Der bittere Konkurrenzkampf zwischen den Opernkomponisten der damaligen Zeit schlug sich auch auf die nervolabile Psyche Bellinis nieder. Nur die besten Künstler hatten eine Chance, an den ersten Häusern Italiens in Erscheinung treten und sich infolgedessen einen angemessenen Lebensunterhalt verdienen zu können. Dies traf für Bellini, Rossini und Donizetti genauso zu, wie auch für Pacini und Verdi.

7 Die ‚Piazza Scala' war zu Bellinis Zeit ein geräumiger Vorplatz der Scala und ist heute völlig verbaut.

8 Auf dem Platz, wo später das Teatro alla Scala erbaut wurde, stand im 14. Jahrhundert die Kirche Santa Maria della Scala, benannt nach Beatrice della Scala, der Ehefrau von Bernabò Visconti.

9 Hier ist der aus Catania stammende Vincenzo Bellini gemeint.

10 Halterung für Kerzen oder Lampen

11 „Verflucht!"

12 Anführer einer Verschwörung

13 Intrigen zwischen konkurrierenden Komponisten waren zu jener Zeit an der Tagesordnung. Besonders Bellinis eifersüchtige Natur witterte hinter jedem noch so kleinen Hinweis ein Komplott gegen seine Person.

14 Francesco Florimo veröffentlichte nach dem Tod Bellinis Korrespondenz und stellte so für die spätere Biographie des Komponisten wertvolles Quellenmaterial sicher. Freilich war die Auswahl Florimos sehr subjektiv, sodass dieser Briefwechsel kein unverfälschtes Bild von den tatsächlichen Gegebenheiten darstellt. Florimo formulierte die Originalbriefe teilweise nach seinem Gutdünken um, damit er der Nachwelt nur die positiven Seiten seines Freundes überlieferte.

15 Ehrentitel für den Klassenbesten, mit dem verschiedene Rechte und Pflichten verbunden waren

16 Teatro di San Carlo, Hauptopernhaus in Neapel, auch heute noch sehr berühmt.

17 Dies war ein kleineres Opernhaus in Neapel, in dem vor allem komische Opern zur Aufführung gelangten. Das ‚Fondo' existiert auch heute noch, wurde jedoch in ‚Teatro Mercadante' umbenannt.

18 gratis

19 Geschlechtskrankheiten wie Syphilis und Gonorrhö waren damals infolge der unzureichenden hygienischen Verhältnisse nicht selten.

20 konservatoriumseigene Bühne

21 Entwurf einer Partitur

22 Zingarelli zitiert in der Folge den Kriegerchor aus dem zweiten Akt der Norma: „Kämpfe! Kämpfe! Die gallischen Eichen | sind nicht stärker als Galliens Mann, | wie das hungernde Raubtier die Herden, | fällt er die römischen Phalanxe an. | Schlachtgemetzel! Vertilgung und Rache! | Falle Wucht und der Sturmbock erkrache. | Wie die Distel der Sichel erlieget, | sei der Römer durch Schwerter besieget. | Stürzt die Adler, beschneidet die Schwingen, tötet | alles, was Waffen noch trägt! | Lasst ins Lager der Römer uns dringen, | wo das Herz unseres Todfeindes schlägt. | Auf, ihr kräftigen Söhne der Wälder, | lasset den Boden mit Blut uns befeuchten, | dass die Strahlen der Sonne beleuchten | Roms Verderben und Galliens Sieg, | dass die Strahlen der Sonne beleuchten | Roms Verderben und Galliens Sieg!"

23 „Es ist eine Schande für ganz Italien!"

24 „Eine Schande auch für mich!"

25 Donizetti spielt in der Folge auf die Szene mit Flavio an, in welcher Pollione, Gatte der Norma, seine heimliche Liebe zu Adalgisa gesteht. Szene ‚Svanir le voci!' (‚Die Stimmen verstummten!'), Arie des Pollione ‚Meco all'altar di Venere' (‚Mit mir am Altar der Venus'). In dieser Arie geht es um den Traum Polliones, gemeinsam mit Adalgisa nach Rom zu entfliehen.

26 Oper Bellinis aus dem Jahre 1830, zu deutsch ‚Die Capulets und die Montagues', Stoff von ‚Romeo und Julia'.

27 Fächer

28 später in Anlehnung an Domenico Barbaja ‚Barbajata' genannt

29 „verdammt"

30 „Arschgesicht"

31 gepolsterte Liege mit Kopflehne

32 „verflucht"

33 bestens

34 Scheiße!

35 „Hurensohn"

36 „Bist Du des Teufels?"

37 Diskurs (erörternder Vortrag, methodisch aufgebaute Abhandlung)

38 „Arschloch"

39 sinngemäß: „Wir sind am Ende."

40 „Aber gewiss, Liebster."

41 „Nicht wahr?"

42 „Weißt Du ..."

43 veraltet für: Dirne, Halbweltdame

44 Zur Zeit Vincenzo Bellinis war es üblich, dass der Komponist die ersten drei Vorstellungen selbst vom Klavier aus leitete. Das heute übliche Dirigieren von einem Pult aus wurde erst um die Mitte des 19. Jahrhunderts in deutschen Landen ein-

geführt und verbreitete sich rasch. Der deutsche Komponist Otto Nicolai (1810-1849, ‚Die lustigen Weiber von Windsor‘), der Begründer der Wiener Philharmoniker, war einer der ersten, die den neuen Dirigierstil propagierten.

45 früher Händler, welche die Truppen bei Manövern und im Krieg begleiteten

46 Giuditta Turina zitiert im Folgenden Ausschnitte aus der Arie der ‚Casta Diva‘.

47 Oper Vincenzo Bellinis aus dem Jahre 1831

48 Oroveso, Vater der Norma, spricht zu ihr, als sie und ihr Ehemann Pollione gemeinsam den Scheiterhaufen besteigen: OROVESO: Mein Herz ist gebrochen. NORMA: Du weinst, du hast verziehen. OROVESO: Liebe siegt! POLLIONE: Ach, Himmel! OROVESO: Ja! Ach, Weh! NORMA: Du hast verziehen. Das sagt die Träne, mein Schmerz gestillet, mein Wunsch erfüllet.[...] Ach, du verzeihst mir. Das sagt die Träne [...]. POLLIONE: Eine Flamme verzehrt uns beide. Uns're Liebe, sie reicht noch übers Grab. OROVESO: O bestieg' ich selbst das Blutgerüst. Einem Vater sind Tränen erlaubt. FINE.

49 ‚Una furtiva lagrima' – berühmte Arie aus Gaetano Donizettis Liebestrank (‚L'elisir d'amore‘, 1832)

50 Es war Brauch bei den gallischen Druiden, zu Mitternacht Misteln mit einer Sichel zu schneiden, um sie der Mondgöttin zu opfern. Damit sollten dann Frieden und Wohlbefinden einkehren.

51 „Alles in Ordnung, Fräulein?“

52 ‚Eintrittskarten verfügbar!'

53 Im 19. Jahrhundert herrschten bei den Opernbesuchen nicht so strenge Sitten wie heutzutage. Selbst nach Ertönen der Ouvertüre hatte man seine Plätze oft noch nicht aufgesucht und unterhielt sich gern mit seinen Sitznachbarn.

54 Konzertmeister

55 Bürgermeister

56 Spitzname für den in Pesaro geborenen Rossini

57 Als gebildeter Philologe verfällt Felice Romani hier vor lauter Aufregung versehentlich in schlechtes Latein. Richtig: „Quid est tecum, quid habes?“ („Was ist mit Dir, was hast Du?“)

58 erste Oper Rossinis am Teatro alla Scala, uraufgeführt 1812. Zu deutsch: ‚Der Prüfstein‘

59 Cavaliere (Ritter): italienischer Ehrentitel für hervorragende Verdienste

60 veraltet für: Toilette

61 Pollione ist der römische Prokonsul in Gallien und als Feldherr seiner Truppen in schwerer Rüstung.

62 Konzertmeister

63 „Aber ich werde ihnen zuvorkommen.“

64 ‚Casta Diva', das Gebet der Norma, lautet vollständig wie folgt: „Casta Diva, che inargenti | queste sacre antiche piante, | a noi volgi il bel sembiante | senza nube e senza vel... | Tempra, o Diva, tempra tu de' cori ardenti, | tempra ancora lo zelo audace, | spargi in terra quella pace | che regnar tu fai nel ciel... // Zu deutsch: Keusche Göttin im Silberglanze, | taue Segen auf die dir geweihte Pflanze! | Deines Anblicks lass uns freuen, | wolkenfrei und schleierlos! | Ihres Mutes Eifer stille, | ungestüm nicht sei ihr Wille. | Frieden lasse auf Erden walten, | wie dein Bild im heitren Licht. // Anmerkung: Erst nach mehreren Anläufen Felice Romanis entschied sich Vincenzo Bellini für die vorliegende italienische Fassung.

Personen

Domenico Barbaja
* 1778 (Milano)
✠ 19. Oktober 1841 (Napoli)
italienischer Opernimpresario (u.a. ‚San Carlo' in Napoli 1809-1840; ‚Teatro alla Scala'
in Milano 1826-1832); Er begann seine Laufbahn als Kellner eines Cafés; ihm wird die
Erfindung der ‚Barbajata' – Kaffee oder heiße Schokolade mit Schlagobers – nachgesagt. Barbaja erhielt die Lizenz für Glücksspiele, die in seinen Opernhäusern stattfinden
durften. Er wurde als ‚genialer Talentfinder' bezeichnet, der Komponisten wie Donizetti, Bellini und Rossini unter seine Fittiche nahm und ihre Karriere begründete.

Vincenzo Salvatore Carmelo Francesco Bellini
* 3. November 1801 (Catania)
✠ 23. September 1835 (Puteaux bei Paris)
italienischer Opernkomponist; Der Schüler von Niccolò Zingarelli am Konservatorium
zu Neapel debütierte ebendort mit seiner heiteren Oper ‚Adelson e Salvini' im Jahre 1825 am Teatrino des Konservatoriums. Der Erfolg dieser Oper brachte ihm einen
Kompositionsauftrag am ‚San Carlo' ein (‚Bianca e Fernando', 1826). Bellinis endgültiger
Durchbruch erfolgte 1827 am ‚Teatro alla Scala' mit ‚Il Pirata'. Weitere Opern, wie z.b.
‚La Sonnambula', festigten seinen Ruf als bedeutendster italienischer Opernkomponist
neben Gaetano Donizetti. Sein Hauptwerk ‚Norma' gilt auch heute noch als *das* Belcan-
to-Werk, welches im 20. Jahrhundert vor allem durch die Interpretation von Maria Callas
weltberühmt wurde. Als schönste Arie der Operngeschichte überhaupt kann das Gebet
der Norma ‚Casta Diva' (‚Keusche Göttin') angesehen werden.

Domenico Donzelli
* 2. Februar 1790 (Bergamo)
✠ 31. Mai 1873 (Bologna)
italienischer Tenor; Er kreierte die meisten Tenorpartien von Donizetti, Pacini und Rossini. Donzelli wurde vor allem als erster Darsteller des ‚Pollione' in der ‚Norma' berühmt. Heute sieht man ihn als letzten großen Tenor der Belcanto-Schule.

Domenico Gaetano Maria Donizetti
* 29. November 1797 (Bergamo)
✠ 8. April 1848 (Bergamo)
italienischer Opernkomponist; Er stammte aus ärmlichen Verhältnissen, studierte in
Bergamo und Bologna. Donizetti debütierte 1818 in Venedig mit der Oper ‚Enrico di
Borgogna' und feierte damit einen großen Erfolg, der ihn vom Militärdienst entband.
Er war bekannt für seine schnelle und einfallsreiche Kompositionsweise und galt neben Bellini als der bedeutendste Opernkomponist seiner Zeit. Auch heute noch werden alljährlich unbekannte Werke von ihm wiederentdeckt, so zum Beispiel ‚Roberto
Devereux' (1838 uraufgeführt, im Dezember 2000 an der Wiener Staatsoper mit Edita
Gruberova wiederaufgenommen).

Francesco Florimo
* 12. Oktober 1800 (S. Giorgio Morgeto, Calabria)
✠ 18. Dezember 1888 (Napoli)
italienischer Schriftsteller und Bibliothekar; Florimo war ein enger Freund und Mitschü-
ler Bellinis am Konservatorium zu Neapel. Er schrieb Bücher über Bellini und die Musik in Neapel. Aufgrund seiner gepflegten äußeren Erscheinung und seines vornehmen
Auftretens war er ein angesehenes Mitglied der neapolitanischen Gesellschaft, später
sogar Ehrenbürger von Neapel.

Giulia Grisi

* 22. Mai 1811 (Milano)

✝ 29. November 1869 (Berlin)

italienische Sopranistin; Sie war die Schwester von Giuditta Grisi, einer Geliebten Bellinis. Giulia Grisi studierte in Mailand und debütierte ebendort im Jahre 1831 in der Rolle der ‚Adalgisa' in der ‚Norma'. Später machte die Grisi in Paris, London, St. Petersburg und sogar in den USA Karriere. 1861 zog sie sich nach 32-jähriger Sängerlaufbahn aus dem aktiven Musikleben zurück. Der Sopran der Grisi gilt heute noch als eine der schönsten Stimmen vergangener Tage.

Giovanni Pacini

* 17. Februar 1796 (Catania)

✝ 6. Dezember 1867 (Pescia)

italienischer Opernkomponist; Pacini studierte am Konservatorium zu Milano und debütierte ebendort im Jahre 1813. Innerhalb kurzer Zeit komponierte Pacini, dem die Melodien leicht von der Hand gingen, zahlreiche komische Opern. Als vertrauter Freund Rossinis half er diesem, Opernaufträge zu Ende zu führen, war der große Komponist wieder einmal in Zeitnot. Pacinis Hauptwerke waren ‚L'ultimo giorno di Pompei' (1825), ‚Gli arabi nelle Gallie' (1827), ‚Giovanna d'Arco' (1830) und ‚Saffo' (1840).

Giuditta Pasta

* 28. Oktober 1797 (Varese)

✝ 1. April 1865 (Como)

italienische Sopranistin; Sie studierte Gesang am Konservatorium zu Milano und debütierte ebendort im Jahre 1815. In der Folge interpretierte sie die wichtigsten Sopranpartien ihrer Zeit. In den 1820er Jahren etablierte sich die Pasta als eine der gefeiertsten Sängerinnen, besondere Berühmtheit erlangte sie durch ihre Gestaltung von Bellinis ‚La Sonnambula' und ‚Norma'. Sie gilt als die Callas des 19. Jahrhunderts.

Antonio Piazza

* 1742 (Venezia)

✝ 1825 (Milano)

italienischer Schriftsteller und Journalist; Piazza war der Verfasser zweitrangiger Libretti. Er entwarf unter anderem das Libretto, welches Temistocle Solera später zu ‚Oberto' umarbeitete.

Giuseppe Piermarini

* 18. Juli 1734 (Foligno)

✝ 5. Februar 1808 (Foligno)

italienischer Baumeister; Seit 1770 war Piermarini Hofarchitekt der Habsburger in Milano. Piermarinis berühmtestes Bauwerk ist das ‚Teatro alla Scala', ein Ausdruck des Klassizismus in der Lombardei.

Felice Romani

* 31. Januar 1788 (Genova)

✝ 28. Januar 1865 (Moneglia bei La Spezia)

italienischer Librettist, Dichter und Kritiker; Er studierte Jurisprudenz und klassische Philologie. Romani schrieb seit 1813 zahlreiche Libretti für Donizetti, Bellini und Rossini. Später wandte er sich der Herausgabe seiner eigenen Zeitschrift zu. Sein berühmtestes Libretto ist das der ‚Norma'. Romani gilt als der beste und kritischste Librettist seiner Generation.

Gioachino Antonio Rossini
* 29. Februar 1792 (Pesaro)
✝ 13. November 1868 (Paris)
italienischer Opernkomponist; Rossini studierte am Konservatorium in Bologna von 1802 bis 1806, debütierte 1810 in Venedig und wurde in der Folge der berühmteste italienische Opernkomponist des frühen 19. Jahrhunderts. Nach zahlreichen Erfolgen in ganz Italien übersiedelte er 1823 nach Paris, wo er das französische Musikleben maßgeblich beeinflusste. Seine letzte Oper, ‚Wilhelm Tell' (1829), hat die Entwicklung der Grand-Opéra vorangetrieben. Hierauf zog sich Rossini aus dem aktiven Musikleben zurück und komponierte nur mehr Gelegenheitswerke und Sakralmusik. Rossini, der als guter Koch viele Einladungen und Soiréen gab, wusste die Vorzüge der italienischen und französischen Küche zu schätzen.

Temistocle Solera
* 25. Dezember 1815 (Ferrara)
✝ 21. April 1878 (Milano)
italienischer Librettist und ‚Hansdampf in allen Gassen'; Von 1839 bis 1845 war er Hausdichter am ‚Teatro alla Scala' und Verfasser zahlreicher Opernlibretti für Giuseppe Verdi (u.a. ‚Oberto', 1839, und ‚Nabucco', 1842). In seinen späteren Jahren war Solera Abenteurer und Geheimagent von Napoleon III. Im Zuge dessen reorganisierte er das Polizeiwesen von Italien und Kairo. Daneben komponierte er in den Jahren von 1840 bis 1845 fünf Opern auf eigene Libretti.

Giuditta Turina, née Cantù
* 13. Februar 1803 (Milano)
✝ 1. Dezember 1871 (Milano)
Geliebte Vincenzo Bellinis; Die unglückliche Ehe mit Ferdinando Turina, einem Grundstücksmakler und Fabrikbesitzer, konnte der kunstbeflissenen Giuditta keine Genugtuung verschaffen.

Giuseppe Fortunino Francesco Verdi
* 9. Oktober 1813 (Le Roncole bei Parma)
✝ 27. Januar 1901 (Milano)
italienischer Opernkomponist; Von bäuerlicher Herkunft, studierte er zunächst privat in Busseto. Da ihm die Aufnahme am Konservatorium zu Milano wegen mangelhaften Klavierspiels verweigert worden war, musste er Privatunterricht in Mailand nehmen. Zahlreiche Besuche an der Scala vermittelten ihm einen realistischen Eindruck des zeitgenössischen Operngeschehens. Im Jahre 1839 debütierte Verdi mit ‚Oberto' am ‚Teatro alla Scala'. Der große Erfolg dieser Opera seria brachte ihm weitere Kompositionsaufträge ein. In der Folge beherrschte er uneingeschränkt Italiens Musikszene, was ihn allerdings nicht davon abhielt, ein bescheidenes Leben zu führen. Als bekannteste Oper Verdis gilt ‚Aida' (1870).

Niccolò Antonio Zingarelli
* 4. April 1752 (Napoli)
✝ 5. Mai 1837 (Torre del Greco)
italienischer Opernkomponist; Zingarelli war ein Vertreter der alten neapolitanischen Schule, Lehrer und Direktor des Konservatoriums zu Neapel. Zingarellis Kompositionsstil galt schon zu Lebzeiten als veraltet, wogegen sich seine Schüler, vor allem Vincenzo Bellini, zur Wehr setzten. Über Mozart bemerkte Zingarelli einmal: „Er wäre ein guter Komponist geworden, wenn er seine Studien fortgesetzt hätte."

edition riedenburg

Der Verlag
dem
Musiker

Mütter und
Männer vertrauen

Verlag für Kindersachbücher und
Gesundheitswissen sowie biographische
und autobiographische Spezialitäten

www.editionriedenburg.at